o lado *humano*
contos

otto lara resende
contos

POSFÁCIO **CLARA DE ANDRADE ALVIM**

1ª reimpressão

COMPANHIA DAS LETRAS

Copyright © 2019 by herdeiros de Otto Lara Resende
Copyright do posfácio © 2019 by Clara de Andrade Alvim
Todos os direitos reservados.

Grafia atualizada segundo o Acordo Ortográfico da Língua Portuguesa de 1990, que entrou em vigor no Brasil em 2009.

Capa e projeto gráfico
MARIANA JAGUARIBE LARA RESENDE

Foto de quarta capa
FOTÓGRAFO NÃO IDENTIFICADO/ ACERVO OTTO LARA RESENDE/ INSTITUTO MOREIRA SALLES

Revisão
THAÍS TOTINO RITCHER
CAMILA SARAIVA

Os personagens e as situações desta obra são reais apenas no universo da ficção; não se referem a pessoas e fatos concretos, e não emitem opinião sobre eles.

Dados Internacionais de Catalogação na Publicação (CIP)
(Câmara Brasileira do Livro, SP, Brasil)

Resende, Otto Lara, 1922-1992
  O lado humano : contos / Otto Lara Resende ; posfácio Clara Alvim — 1ª ed. — São Paulo : Companhia das Letras, 2019.

  ISBN 978-85-359-3282-9

  1. Contos brasileiros I. Alvim, Clara. II. Título.

19-29020 CDD-B869.3

Índice para catálogo sistemático:
1. Contos : Literatura brasileira   B869.3

Cibele Maria Dias – Bibliotecária – CRB-8/9427

2022

Todos os direitos desta edição reservados à
EDITORA SCHWARCZ S.A.
Rua Bandeira Paulista, 702, cj. 32
04532-002 I São Paulo I SP
Telefone: 11. 3707-3500
companhiadasletras.com.br
blogdacompanhia.com.br
facebook.com/companhiadasletras
instagram.com/companhiadasletras
twitter.com/cialetras

Sumário

CONTOS

O lado humano 9

Das Dores 19

O morto insepulto 31

A pedrada 49

O casto Redelvim 55

Velhos 61

O calcanhar de Aquiles 75

Terêncio e o mar 93

Dois passeios de Raquel 101

POSFÁCIO

O lado humano nos primeiros contos de Otto, Clara de Andrade Alvim 109

O lado humano

— Vim ver o meu processo — e estendeu-me o cartão do protocolo. É um caso de justiça.

Mandei buscar o processo.

— O senhor verá que tenho toda a razão — recomeçou o homem. Não posso explicar o indeferimento. Apenas lhe peço que estude o processo, só isto: estude o processo.

Tomou-me o processo das mãos e abriu-o sucessivamente em várias páginas, lendo tópicos aqui e ali, sem se deter em nada.

— Foi expedida a carta de aforamento e paguei o laudêmio.

— O senhor vai me desculpar — interrompi-o finalmente, mal contendo minha impaciência. — No momento estou ocupado.

Levantou-se, cheio de mesuras:

— Muito obrigado, doutor. Voltarei outro dia. Euclides José Magalhães, seu criado às ordens.

Caminhou até a porta e daí voltou até o meio da sala:

— Por obséquio, doutor, o seu telefone?

— Pode passar amanhã à mesma hora.

* * *

Olhava-me por cima dos óculos:
— O doutor já compreendeu o meu caso. Tenho certeza que vai me auxiliar.
— Lamento, mas não posso opinar. É matéria de alçada superior e já uma vez indeferida.
Sacudia a cabeça de leve, acompanhando as minhas palavras.
— Está bem, mas o doutor pode me ajudar com a sua competência e o seu tino administrativo.
— O que posso fazer é alinhar todos os seus argumentos.
— E o doutor não crê que tenho razão?
— Minha opinião pessoal não interessa — respondi, constrangido.
— Como não interessa? — fez ele, saltando para a ponta da cadeira.
Limpou os óculos na gravata, depois assoou o nariz tristemente caído sobre o lábio.
— O doutor há de compreender. Nem tudo aparece num processo, o senhor sabe. Fica sempre de fora o lado humano...
Os seus olhos, mais velhos, não tinham força para fitar-me.
— O senhor sabe que eu tenho um filho?
Acendi um cigarro e estendi-lhe outro, de que ele não fez caso. Revistou a sala, para certificar-se de que estávamos sós.
— Pois tenho um filho, doutor. Um filho doente.
Sem querer, soprei-lhe a fumaça na cara.

— O senhor certamente não conhece essa desgraça, a não ser de nome: esquizofrenia.

Juntou os dedos da mão direita, buscando um gesto expressivo que não encontrou:

— Um menino ainda, tem dezessete anos. Sem esperança de cura.

Sua mão forte comprimia-me o joelho:

— O senhor sabe o que é ter um filho preso em casa, enjaulado como uma fera?

Afastou-se, sem deixar de fitar-me e umedeceu os lábios com a língua.

— Um pai não pode aceitar que a doença de seu único filho seja incurável. Há de haver um remédio, em qualquer parte do mundo.

O contínuo apareceu na porta, trazendo uma ruma de processos.

— O expediente para despachar? — perguntei.

Euclides empertigou-se com dignidade na cadeira e levou o lenço aos olhos. Guardou os óculos, levantou-se:

— Estou vendo que o doutor está ocupado.

Quando cheguei, ele já se encontrava na sala, soturno, metido no seu terno preto. Deixei-o esperando mais de uma hora.

— Desculpe, se venho importuná-lo mais uma vez.

De propósito, não lhe ofereci a cadeira, atulhada de mapas e papéis. De pé, estendeu-me uma cópia fotostática:

— Eis a prova. A Procuradoria esteve inteiramente a meu favor.

Enquanto eu lia o documento, Euclides mudou de tom e esqueceu o processo:

— Desculpe dizer, mas é extraordinária a semelhança.

Afastou os papéis de cima da cadeira e sentou-se. Um fio de sorriso repontou-lhe nos cantos da boca, que era contudo amarga.

— Os olhos, o cabelo, até a voz. E essa mesma simpatia, esse mesmo jeito de bondade, perdoe-me dizer...

— Citarei o parecer da Procuradoria — interrompi-o. Mas não posso opinar, é norma burocrática.

Euclides abanou a cabeça, com ar distante:

— O senhor devia conhecê-lo...

— Remeto em seguida o processo a despacho — continuei.

— O doutor me desculpe estar insistindo nisso, mas desde que o vi fiquei intrigado. Não seria parente seu? Foi um grande amigo nosso, de nossa inteira confiança.

Suspirou profundamente, com os olhos cerrados:

— Enfim, assim é a vida.

Seu rosto iluminou-se com uma expressão inesperada e ele me tomou a mão de cima da mesa, para apertá-la entre as suas:

— Quer dizer que vai a despacho? Muito obrigado ao senhor, muito obrigado.

Levantei-me, temendo ser surpreendido por alguém que entrasse.

— O senhor vai sair? — perguntou, soltando-me a custo a mão.

— Estão me chamando no gabinete — pretextei.

Ele barrou-me a passagem, obstinado:

— Ontem, não pude acabar de contar-lhe. Essas coisas não podem ser ditas a qualquer um, é doloroso revelar a nossa desgraça.

Devo ter tido uma expressão estupefata, porque ele me provocou a memória com um safanão no braço:

— O meu filho, doutor, não se lembra?

— Perfeitamente — murmurei, desistindo de me retirar.

— Tenho de levá-lo aos Estados Unidos. Não temos recursos aqui. A psiquiatria, pode-se dizer que é uma ciência nova. Enquanto não se esgotarem os meios, não desanimo. Minha mulher e eu dessa vez estamos esperançosos. Hei de recuperar a vida de meu filho. Atualmente, é como se estivesse morto. Pior do que morto.

Apontou o processo exaltadamente, com o dedo em riste:

— É isto, doutor, é isto que não aparece nesses papéis. Dizer que a vida de meu filho depende de um despacho!

E baixando a voz:

— Se não desembaraçar os terrenos, não posso ir aos Estados Unidos, compreende? Gastei tudo que tinha, preciso lançar mão desse último recurso. O menino piora a cada dia. É um espetáculo horrível, o senhor nem calcula.

Euclides apertou-me o braço, desconfiado de que eu não o ouvia:

— Passo horas tentando dominá-lo nos seus ataques, ui-

13

vando como um animal. Há dias em que não sei o que é dormir.

Estendeu-me a mão, de súbito:

— Mas estou incomodando o doutor. Muito boa tarde!

Voltou outras vezes e não esperava mais na antessala para ser atendido. Sua cara torva irrompia na porta:

— Com licença, doutor.

Irritava-me a constância de suas visitas e cada vez que saía me deixava a impressão de não me ter falado o que desejava. A princípio, cheguei a pensar que talvez pretendesse fazer-me uma proposta de suborno. Aproximava-se cauteloso:

— Alguma notícia do processo, doutor?

— Nada mais depende de mim.

— Mas o doutor o que acha?

Vinha se insinuando, apertava a fronte com a mão nervosa, sentava-se, respirava fundo:

— Imagine o senhor que esta noite não preguei os olhos.

Eu interrompia o trabalho, incapaz de reagir diante de seu jeito aparvalhado:

— Em caráter particular, doutor, como amigo: o senhor o que acha?

Seus olhos injetados me fixavam, sua voz tomava inflexões dolorosas, mesmo nas frases banais:

— O doutor é bacharel?

— Não.

— Gostaria de confiar-lhe a causa, se tiver de recorrer à Justiça.
— Aguarde o despacho.
— O doutor acredita que é caso de mandado de segurança?

Eu ignorava sua presença, simulando uma ocupação urgente. Ele insistia:
— É direito líquido e certo. Estou vendo que o senhor está ocupado, mas eu tenho direito, doutor!

Um dia, retirei-me para a sala ao lado, sem dizer palavra e, por trás do biombo, ouvi-o soluçar:
— Eu tenho direito!

Mandei dizer-lhe que estava preso no gabinete e tão cedo não poderia vê-lo. Uma hora depois o telefone soou:
— Alô, doutor? É o Euclides, doutor. Euclides José Magalhães. Perdão, mas não quero ir para casa sem me explicar com o senhor: ando muito nervoso, o senhor me desculpe de tudo...

— Muito boa tarde, doutor!

Eu havia dado ordens para que não permitissem mais o seu acesso até a minha sala.

— Muito boa tarde, doutor!

Instintivamente, apertei o botão da campainha, decidido a censurar o responsável pelo desrespeito à minha ordem. E iria a uma atitude extrema, pondo Euclides para fora antes que se instalasse, como sempre. Quando o contínuo atendeu, dispensei-o com um gesto.

— Esta é minha senhora, doutor.
Com naturalidade, ofereceu-lhe a poltrona e sentou-se na cadeira.
— Já falei muito do senhor a Mary Anne.
Voltou-se para a mulher:
— O doutor é aqui o nosso patrono.
Apontou-me com um meneio de cabeça:
— Não é impressionante, meu bem?
Sentada a gosto, a bolsa no colo, ela me olhou como se conferisse um objeto:
— É igualzinho.
Acendi um cigarro, enquanto um e outro me olhavam.
— Mary Anne também acha que o senhor se parece demais com o... o... — disse Euclides, indeciso, como se traduzisse palavras de uma língua estranha.
Não tinha coragem de observá-la, mal podia ver suas pernas cruzadas. Aos poucos, fui descobrindo-a. Teria uns trinta e cinco anos e nenhum sinal de decadência ou sofrimento marcava o seu rosto tranquilo, os seus olhos limpos.
— Trouxe minha mulher para conhecê-lo — recomeçou Euclides. O doutor tem sido muito bondoso para conosco.
Ela ajeitava os cabelos, ausente. Surpreendendo-me a olhá-la, sorriu.
— Seria possível ver o parecer final, doutor? — continuava Euclides.
Quando ele fez menção de se retirar, pedi um café. O silêncio o incomodava:
— Gostaríamos de convidá-lo para nossa casa.

Levantou os olhos para a mulher, satisfeito:

— Infelizmente, agora não é possível, por causa do menino.

Voltou-se de novo para mim:

— O menino está muito mal. Tenho de levá-lo imediatamente para os Estados Unidos, doutor.

Mary Anne observava-me claramente.

— A senhora vai também? — perguntei.

— É pena que minha mulher não possa ir — emendou Euclides. A viagem encareceria muito. Ficando aqui, virá ver o senhor...

Mary Anne retocava o penteado com a mão.

— ... para acompanhar o processo.

— Pois não — disse eu, perturbado.

— Essa viagem será um grande sacrifício para mim — continuou ele. Mas pode ser que meu filho se cure, quem sabe?

A presença da mulher o amesquinhava. Ninguém os imaginaria um casal, duas pessoas ligadas pelo mesmo destino, vivendo para o mesmo filho.

O contínuo serviu o café, que foi tomado quase em silêncio.

— Estamos perturbando o doutor — disse ele, afinal.

— Absolutamente — protestei.

Mary Anne levantou-se. Era mais alta do que Euclides, o corpo de uma sábia harmonia.

— Ela ficará em contato com o senhor.

Aproximou-se da mulher:

— Vendidos os terrenos, você me mandará o dinheiro, conforme combinamos.

17

— Muito prazer e muito obrigada — disse Mary Anne, retirando-se.

Acompanhei-os até a porta do elevador. Euclides despediu-se com os cumprimentos de sempre. Mary Anne seguia-o, pouco atrás. De novo na sala, mais do que o perfume, a presença daquela mulher impregnava o ambiente. No dia seguinte, ela voltaria, como voltou. Sozinha, vinha mais fresca, mais saudável. A ausência do marido e do filho comunicava-lhe um desejo feroz de viver.

Das Dores

Os cabelos, com uma faixa mais clara sobre a testa, ou talvez os olhos — alguma coisa dava-lhe à fisionomia a luz de um rosto de menina. Lourenço hesitava, temendo o ridículo. Não tinha a segurança da véspera.

— Lourenço Marques, para servi-la — disse, surpreendendo-a.

Sônia não se assustou:

— Outra gravata?

— Hoje vim comprar as suas covinhas.

Sônia riu, para exibi-las:

— Estão vendidas.

Lourenço perturbou-se:

— Tem outra gravata daquela?

— Pensei que tivesse vindo por minha causa...

— Pois não compro a gravata e levo você.

Sônia desconcertou-o:

— Engraçadinho — disse, caminhando para a ponta do balcão, onde foi ajeitar algumas caixas de meias.

Lourenço, abandonado diante das prateleiras, atacou com segurança:

— Não saio daqui se você não prometer que se encontra comigo.

Ela riu da ousadia:

— Agora mesmo o gerente me chama a atenção e bota você para fora.

— A que hora você sai?

— Não digo.

— A que hora?

— Seis e meia.

Da esquina, podia fiscalizar a saída da loja. Queria vê-la, mas ao mesmo tempo desejava que ela não aparecesse, uma pobre empregadinha de balcão. Era um homem casado, com trinta e cinco anos de idade...

— O cavalheiro deseja alguma coisa?

Ela riu de seu espanto. Em torno deles, a cidade se agitava. O ruído de um ônibus fumarento abafou a risada de Sônia.

— A gente sai do serviço, que alívio! Parece que a vida volta ao normal.

Deu a bolsa a Lourenço, para prender a blusinha na saia azul, tomou-lhe a bolsa, com a mesma naturalidade.

— Para mim, tudo está bom. Esta vida é mesmo uma bobagem.

Estava tão próxima que o intimidava.

— Vamos andando. Apanho o bonde para a Central, lá pego o trem, daqui a uma hora estou em casa.

Tinha o corpo bem-feito e uma expressão de ousadia inflamava os seus menores gestos.

— Quantos filhos você tem?

— Três.

— Vi pela aliança que você é casado. E você tem jeito...

— De casado?

— De pai. Sou louca por criança. Na minha rua todos os meninos me conhecem e gostam de mim.

— Por que você não arranja um filho?

— Eu quero casar só para ter um filho, um menino. Mas tem de ser logo, senão fico velha. Casar no máximo com vinte anos. Estou com dezoito.

Sônia falava todo o tempo: do emprego, das companheiras da loja, da família, da casa em Deodoro, com duas mangueiras, do cachorrinho que ganhou de presente... A certa altura, exclamou:

— Meu Deus, se chego tarde meu pai me mata!

Abriu a bolsa, procurando alguma coisa, e dela saltou um livro, um romance policial.

— Não faço muita questão de ler. Mas é bom para passar o tempo. Acabei de ler a vida de Isadora Duncan. Sei que aquilo tudo é mentira, mas me divertiu. Olhe, meu filho...

Riu, levantando para ele os olhos azuis:

— Estou chamando você de meu filho, desculpe. Quantos anos você tem? Uns trinta e dois...

— Trinta e cinco.

— Não parece — disse, séria, fitando-o como se olhasse um monumento.

Do bonde deu-lhe adeus com o lenço. Lourenço supunha distinguir-lhe os olhos claros e as covinhas no rosto. No dia seguinte, iria procurá-la. "Tão fácil", pensou, envergonhado.

Queria também mostrá-la ao sócio do escritório. Rodando a corrente de chaves no indicador, encaminhou-se para o balcão de onde ela lhe fazia sinais aflitos.

— Agora, não. Agora não posso.

Hesitou se voltava, ou se exigia uma explicação.

— Por favor — insistiu Sônia, sem olhá-lo.

Envergonhado (na porta, o amigo o aguardava), era preciso simular uma segurança que acabava de perder.

— É aquela lourinha com que você falou? Mas é muito menina...

Saiu atrasado do escritório e foi andando para passar em frente da loja. "Só se for obra do acaso..." Quando a viu, estremeceu. Lourenço se sentia frustrado.

— O gerente estava perto?

Com as mãos cruzadas, a bolsa batendo num e noutro joelho, Sônia exagerava o mistério:

— Foi por nada.

Tinha os olhos tristes. E precisava da confidência:

— Foi Carlos que estava na loja. É meu primo. Foi meu

namorado. Desde que me entendo por gente que somos amigos. Ele é louco por mim, mas deu tudo errado. Meu pai não quis que casasse, não casei. A confissão, inteiramente imprevista, o desconcertava.

— Lá em casa não pode ir. Têm ódio dele. Agora ele bebe demais. Se visse você falando comigo, nem sei. Acabei ficando com medo, todo mundo fala que Carlos não presta...

Tinham chegado à praça onde ela tomava o bonde.

— Outro dia, me escreveu um bilhete, dizendo que ia se suicidar. Chorei a noite toda.

Olhou para um ponto vago, absorvida:

— Por que é que certas pessoas se matam?

Baixou a voz, censurando-se:

— Não sei para que estou dizendo estas coisas.

Correndo para o bonde, caiu-lhe do cabelo uma travessa de tartaruga, que Lourenço apanhou e pôs no bolso. Voltou a pé, até onde deixara o carro. Escondeu no lenço a travessa. Escurecia. Um vento frio batia-lhe contra o rosto.

— Você está uma belezinha.

Ajeitou-lhe a franja de cabelos mais claros. Não os via, mas adivinhava-lhe os olhos azuis e docemente subia a mão pelo seu braço nu. Beijou-lhe os olhos quentes, em silêncio.

— Você não devia ter vindo até aqui.

Seus lábios tocavam-lhe o rosto delicado. Sônia distanciou-o, puxando-lhe a mão.

— Acabam descobrindo que ando com você.

Tinha a voz meio trêmula.

— Mamãe anda muito nervosa. Quinze anos que a gente mora no mesmo lugar, agora o dono da casa quer nos despejar.

Lourenço acariciava-lhe o braço macio:

— Eu arranjo uma casa para vocês. Trabalho nisso. Corretagem de imóveis.

— O quê?

Seu corpo se colava ao corpo de Sônia, esmagada contra o paredão de pedras.

— Está me machucando a cabeça...

A voz vinha de longe. Lourenço retinha-a.

— Não vá embora, não.

— Tenho que ir, meu bem.

Ela acariciou-lhe o rosto com a mão leve.

— Amanhã você almoça comigo?

— Adeus.

À luz fraca do poste, refez o batom. Apertou-lhe os olhos, num trejeito. Depois, desapareceu dentro da sombra compacta das árvores, sem olhar para trás. No carro, parado depois da esquina, Lourenço acendeu a luz e olhou as horas. Em casa, deviam esperá-lo para jantar. Grande era a sua certeza, grande o seu conforto interior.

— Fica hoje comigo.

Sônia escondeu as mãos finas nas mangas da suéter vermelha.

— Você não nasceu para escrava.

Lourenço estendeu-lhe a mão por baixo da mesa.

— Depois, se me despedirem, quem é que me sustenta? A pintura do rosto muito viva e os cabelos puxados para trás apagavam-lhe o ar de menina.

Olhou pela janela a chuva caindo, fina.

— Este tempo não dá vontade de fazer nada.

— É bom para a gente ficar em casa, feito gato.

— Hoje você vai passar o dia comigo, está combinado. A suéter vermelha coloria os seus menores gestos.

— Vamos ao cinema.

Sônia levantou as sobrancelhas, interrogativa. Depois sorriu, com os dentes claros.

Sentia-se responsável e o silêncio acabrunhado de Sônia o acusava.

— Eu sei que tudo nesta vida é uma bobagem — falou, afinal.

Pararam em frente à vitrina da livraria. Lourenço buscava um ponto de equilíbrio:

— Vou lhe dar o livro que prometi, lembra?

— Não tenho mais tempo de ler. Chego em casa cansada. Mamãe anda nervosa com a história do despejo. Papai vem sempre com a amolação do Carlos.

— Dou o livro e você esquece a sua tristeza, está bem?

Lourenço passou os olhos pela vitrina, depois entrou. Desorientado, ia perguntar ao caixeiro, quando apanhou de cima da mesa um pequeno volume encadernado. Folheou-o

ao acaso: "Com efeito, comer, beber, velar, dormir, descansar, trabalhar e ver-se sujeito às demais necessidades da natureza humana é tudo, na verdade, grande miséria e aflição..." Esforçou-se por encontrar uma dedicatória, mas acabou não pondo nenhuma.
— Obrigada — disse Sônia, com desalento.
— É a *Imitação de Cristo*.
— Não sei se ainda vou ter tempo...
Na esquina, tomaram o carro.
— Você está me odiando.
Deixou-a sair sozinha e, de dentro do carro, apertou-lhe a mão, demoradamente. Lourenço viu-a, depois, desaparecer na multidão que, àquela hora, procurava os trens do subúrbio. "Podia levá-la até em casa" — pensou, atirando fora o lenço todo manchado de batom.

Tirando o casaco, duas cicatrizes escuras apareciam no braço claro. Comeu pouco, com ar alheio. Lourenço apenas é que falava. Depois calou-se também. Observando-a ("mocinha de subúrbio"), deixava-se penetrar de um carinho piedoso.
Ao sair do restaurante, Sônia surpreendeu-o:
— De tarde você vem me ver?
— Para o nosso encontro?
— Não posso — reagiu Sônia. Não sou moça de ladainha, não adianta insistir.
— Você tem medo...
— Lourenço — disse ela, reticente, apertando os olhos.

— O que é?
— Eu vou. Já dei um jeito lá em casa. Posso chegar mais tarde.

Quando surgiu o impedimento, aceitou a ideia de não ir encontrar Sônia. A menina estava muito complicada. O encontro ficaria para outra vez, ou para nunca mais. Iria avisá-la na loja, resguardando uma possível saída para o futuro.
Não a viu, assim que entrou. Voltou até a porta, observou os fregueses se movimentando, as caixeiras no trabalho. Duas delas tinham percebido a sua presença e trocavam olhares entre si. Afinal, decidiu perguntar:
— Sônia?
A moça falou alto para a outra:
— Adelaide, você conhece aqui alguma Sônia?
— Não, ele quer é a Das Dores. Não é aquela lourinha que o senhor está procurando? É a Maria das Dores.
Lourenço confirmou, encabulado.
— Ela teve de sair, mas volta. Até me pediu que se o senhor procurasse por ela, dissesse que ela foi em casa, mas volta.

No escritório, pediu ao sócio a chave do apartamento.
— É aquela garota da loja?
Não iria ao encontro. Em todo caso, passaria por lá, para ver Sônia uma última vez. Por que lhe dera um nome falso? Misteriosa, enigmática.

— Estive aí na loja hoje de tarde. Não podia vir encontrar você.
— Eu estava em casa. Não vou trabalhar mais.
— Aí?
— Em lugar nenhum. Não vou dar preocupação a mais ninguém...
No automóvel, Sônia permanecia à distância. Depois, aconchegou-se bem a Lourenço.
— Onde é que nós vamos?
— Ao nosso encontro — disse ele, com decisão.

Apertou-a junto ao peito e, enquanto a beijava, arrancou--lhe a blusa de malha. Esmagava com força seus seios, procurando desabotoar-lhe a saia. Ela desvencilhou-se:
— Estragou meu fecho ecler...
Despiu a saia e voltou, tranquilamente, aos braços dele. Suas mãos tocavam-lhe as coxas nuas. Com os braços suspensos, livrou-se da combinação, que lhe atrapalhou os cabelos. Com um arzinho selvagem, fugiu de Lourenço e se encolheu debaixo da colcha, na cama. Ficou olhando os quadros dependurados na parede, fotografias de revistas americanas; atletas suspendendo halteres e mulheres seminuas.
— Tenho nojo de homem assim.
Deitou-se a seu lado, despido.
— É seu este apartamento?
— Eu quero saber por que você me enganou.
— Eu?

Os ruídos da rua, os carros passando velozes, subiam surdamente até o apartamento. Nenhuma luz iluminava o quarto agora. Com a janela fechada, a treva afastava as paredes. Sônia se achava deitada num espaço sem limite. Lá fora, a noite começava a envolver a cidade. As luzes na rua não tinham ainda se acendido.

— Você me disse que seu nome era Sônia.

— Eu estava cansada de ser Maria, cansada de ser Das Dores...

Beijou-a. Estava lúcido demais para entregar-se.

— Você deve estar achando tudo isto absurdo. Um homem, como eu.

Sentiu nos seus pés os pés frios de Sônia. Puxou-a para junto de si. Estava nua.

— Carlos esteve lá em casa, ontem.

Sua voz tinha um frêmito novo.

— Ameaçou de matar todo mundo. Disse que eu não sou o que pensam. Depois se atracou com papai, os dois rolaram pelo chão.

Lourenço sufocava de calor. O corpo de Sônia transpirava um cheiro de minério.

— Foi por isso que larguei o emprego. De tarde fui ver minha mãe. Pela última vez. Estava doente, de cama. Disse-me para eu casar com Carlos. Agora não quero mais, não quero mais nada.

Lourenço beijou-lhe os olhos, depois os lábios, longamente. No apartamento de cima, alguém arrastava um móvel. Fazia cada vez mais calor.

29

— Desde os treze anos que ele abusava de mim...

No banheiro, Lourenço descobriu sua cara no espelho. Estava ficando calvo e várias rugas partiam do canto dos olhos. Sentia-se jovem, porém; muito jovem. Continuou a vestir-se, com calma. Depois voltou para o quarto:

— Você vai para casa, não vai?

A luz acesa no banheiro iluminava fracamente uma faixa do quarto. A cama continuava no escuro.

— Eu estou lhe pedindo. Responde.

Sentou-se nos pés da cama.

— Você me põe com remorso.

Era como se ela não estivesse ali.

— Não posso me demorar muito. Vamos.

Mudou de tom, zangado:

— Assim era melhor que você não tivesse vindo.

Sônia estendeu-se sobre os lençóis, exausta.

— Não era isto que você queria?

Riu alto, cruel consigo mesma.

— Pode ir embora. Eu não tenho para onde ir.

Lourenço assustou-se. Andou até a janela, abriu-a. A noite estava escura, sem estrelas. Acendeu bruscamente a luz do quarto. Sônia levantou-se devagar, ficou sentada na beira da cama.

— Já resolvi o que vou fazer de minha vida...

Enquanto atava a gravata, olhou o corpo de Sônia, muito branco, os cabelos louros. Dispensava qualquer gesto de pudor. Mas nunca lhe parecera tão menina.

O morto insepulto

Encontrava-se numa praça... A praça de sua infância, em Ouro Preto. No lugar do monumento a Tiradentes, erguia-se uma palmeira sacudida pelo vento. A paisagem, envolvida pela névoa que no inverno acinzentava a cidade, terminava na sua casa, baixa, de beiral largo sobre a calçada. Um homem atarracado abriu a porta e caminhou em sua direção, empurrando-o levemente com uma pressão de dedos nas costas. Impelido até o pedestal, de onde se levantava a palmeira, o carrasco golpeou-lhe com a mão úmida a nuca: sua cabeça ricocheteou nos dois degraus e rolou pelas pedras largas do calçamento...

Deixou a cama preguiçosamente, o corpo entorpecido. Raramente sonhava com o tempo de sua infância. Apanhou a toalha e saiu para o corredor que o dia fosco tornava mais escuro. O banheiro acabava de ser usado: tinha espuma de sabão pelas paredes e pelo chão. Diante do espelho, alisou o rosto com os dedos nervosos, sem ânimo de barbear-se. Despido, abriu o chuveiro: o jacto d'água provocou uma rajada de vento frio. Josias molhou as mãos, passou-as no rosto e fechou o chuveiro, como se escapasse a um castigo. Quando saía, viu o Tcheco, seu vizinho de quarto, descendo a escada, perfumado e distinto. No quarto, esmerou-se ao pentear o cabelo, arrependido, diante do espelho quebrado, de não ter feito a barba. Vestiu-se com má vontade e saiu apressado. No meio da escada, lembrou-se do relógio e voltou para apanhá--lo. Eram oito e trinta e cinco.

Manhã nevoenta. Josias se dispersava na agitação da esquina e respirou fundo, libertado. Atirou sobre o balcão de mármore a ficha para o café. As pessoas que o cercavam eram quase todas conhecidas de vista, familiares no bairro. Josias sentia-se vigiado. Tomou o café, comprou um jornal e foi para a fila do ônibus.

Josias Moreira... Pareceu-lhe ver seu nome impresso. Mas não o encontrava e passou a procurá-lo em cada coluna da página aberta. Cá estava: *Josias Moreira*. "Cemitério do Caju. Serão sepultadas hoje neste cemitério as seguintes pessoas: César de Barros, Jovelina de Sousa, Josias Moreira..." Eram dezessete nomes; quanta gente morria! Dobrou o jornal e enfiou-o no bolso do casaco, intrigado com a coincidência.

— Olha a fila!

Tirou do bolso um cigarro amassado e levou-o aos lábios.

Logo a chama do isqueiro de ouro do Tcheco, de pé a seu lado, iluminou-lhe o rosto.

— Bom dia.

Quis responder à gentileza, mas o agradecimento não passou de um som gutural, que apagou limpando a garganta. Abriu o jornal e leu de novo a notícia, para ter certeza. Raspou as letras com a unha e contou o número dos que iam ser enterrados: dezessete. Seu nome era o terceiro da lista.

O imenso relógio na parede marcava quase dez horas; perdera o ponto. Assim mesmo entrou. Sentiu-se proscrito diante dos companheiros absorvidos na tarefa de todo dia.

— Atrasado!

O grito partira do fundo da sala.

— Não faço exceção, o senhor perdeu o ponto. Tenho avisado tanto e logo o senhor!

Josias não ouvia. Via apenas Dorinato, na primeira fila, rindo de sua perturbação.

— Avisei enfaticamente! Tenho avisado todo dia... Atrasado!... O ponto!

As palavras do chefe vinham de longe e chegavam a ele depois de aprovadas por todos os companheiros, debruçados em silêncio sobre as mesas. Eram homens implacáveis, trabalhando implacavelmente. Estava certo, o chefe não podia abrir exceção. Chegara atrasado, avisara enfaticamente.

— Que sorte, meu velho! Deu acordo de si na rua, nos braços do Nortista.
— O Dorinato não lhe disse nada?
(Dorinato ria de sua perturbação...)
— Ele também viu!
O Nortista batia-lhe palmadas nas costas, como se quisesse acordá-lo.
— Trate de verificar, meu caro. Até saberem que você não morreu, seu lugar já foi preenchido por um cabra de prestígio. Sabe o Aguiar? Aquele nosso colega do curso noturno. Pois está no Instituto Médico Legal, é estudante de Medicina. Se fosse comigo, ia agir logo. Você sabe como é: até provar que não é elefante...
O Nortista ria de dentes amarelos e graúdos. Enquanto falava, apoiou a enorme pasta de couro no joelho, abriu-a e procurou alguma coisa que pareceu não encontrar.
— Ou você morreu mesmo?
Pouco depois, desaparecia na esquina.

Subir as escadas da Biblioteca Nacional, passar o tempo com uma revista, até a hora do segundo expediente, quando poderia tentar um acordo com o chefe. Procurou a notícia no jornal, recortou-a cuidadosamente e assinalou com um risco de tinta o seu nome. Guardou o recorte na caderneta, quase com carinho. Já passara adiante da Biblioteca, atravessou o Passeio Público, sombreado pelas árvores. O dia continuava nublado, daquele lado as nuvens se acumulavam, mais densas. "Dê o seu sangue" — o dedo em riste apontava Josias, assustado diante do cartaz colorido. Olhou em torno (o dedo o denunciava), de novo fixou o cartaz: "Salve uma vida com o seu sangue". Enquanto esperava o bonde, as letras vermelhas insistiam: "Dê o seu sangue. Dê o seu sangue. Dê o seu sangue".

O bonde se encheu num segundo. Teve de entrar atrás e ficar de pé, espremido entre um soldado e um rapaz que levava uma coroa de flores. O vento soprava a faixa preta de letras douradas e Josias, esforçando-se por ler a inscrição, só distinguia a palavra SAUDADE.

— Copo-de-leite e cravo roxo. É a coroa que tem mais saída.

O rapaz da coroa falava para ele.

— Copo-de-leite e cravo roxo, ô vida! Ainda tenho mais três para entregar, copo-de-leite e cravo roxo.

O bonde ia passando adiante, quando avistou o edifício. Josias procurava ler a inscrição na faixa. Ao saltar, seu pé agarrou-se ao estribo e ele caiu estendido no asfalto. O rapaz da coroa abriu-se numa gargalhada. Josias levantou-se, limpando a roupa; esfolara as mãos e os joelhos. Olhou o bonde, que se afastava: o soldado tinha o quepe na mão esquerda, com a mão direita enxugava a testa suada. A Josias, pareceu-lhe um cumprimento, espécie de compensação pela gargalhada gaiata do rapaz da coroa. Delicadezas de militar...

— Machucou? — perguntou um homem de avental branco, à entrada do edifício.

Escondia as mãos esfoladas, envergonhado da queda.

— Meu nome é Josias Moreira.
— E então?
— Saiu hoje no jornal...
Retirou da carteira e passou ao enfermeiro o recorte do jornal.
— Mas o que é que o senhor deseja aqui?
O Nortista lhe dissera que procurasse o Instituto Médico Legal. Falaria no Nortista? Alguém chamou o enfermeiro, que desapareceu correndo pelo edifício adentro, com o recorte na mão. Josias esboçou um gesto inútil e voltou lentamente pelo pateozinho de areia, até o muro, onde estava encostada uma placa recentemente pintada: Instituto Médico Legal. Lia e relia a placa, observando o desenho das letras, repetindo para si mesmo: Instituto Médico Legal.
— O senhor deseja alguma coisa?
O funcionário segurava-o pelo braço, como se quisesse acordá-lo.
— O senhor deseja alguma coisa?
— O Aguiar foi nosso colega no curso noturno — disse Josias, com esforço.
— Como?
— Colega do Nortista.
— É muito difícil encontrar aqui o dr. Aguiar — informou o funcionário, escandindo as sílabas.
— Muito obrigado — respondeu Josias, com uma mesura.
Do patamar do edifício, a mesma voz, quase gritada, repetiu a informação:
— É muito difícil encontrar aqui o dr. Aguiar.

Josias baixou os olhos sobre a placa — Instituto Médico Legal — e saiu para a rua. Lembrava-se que o enfermeiro tinha levado o recorte do jornal, mas ainda assim revistou os bolsos, como se buscasse um documento de que ia depender a sua vida, dali para a frente. Olhou o edifício, que se erguia sólido atrás das grades de ferro, e não teve ânimo para voltar. Um cachorro, que vinha farejando pela rua, parou diante dele, os olhos sujos, à espera. Depois, seguiu-o tristemente por alguns quarteirões. Em frente a um restaurante, meteu o focinho nos restos de uma lata de lixo e não viu mais Josias.

Prolongava o caminho de volta, sem saber ao certo onde ia. Cansado, com fome, avistou do outro lado da rua o Nortista, que vinha apressado pela calçada. Josias precipitou-se ao seu encalço, provocando a freada brusca de um carro, que corcoveou sobre ele.

— Imbecil! — explodiu o chauffeur, enquanto o Nortista desaparecia de vista, do outro lado.

Depois de procurá-lo com obstinação pelos arredores, Josias surpreendeu-o dentro de uma papelaria. Ao vê-lo, o Nortista não deu o menor sinal de curiosidade e continuou a falar alto com o gerente da casa. Tirou da pasta os mostruários de cartolina e, sem qualquer palavra, deu-os a segurar a Josias, enquanto discutia os preços com o gerente. Despediu-se de repente e saiu apressado. Só lá fora tomou conhecimento de Josias, que o acompanhava, ansioso.

— Afinal?

A pergunta não denunciava perplexidade, mas segurança, vitória. Josias viu, por um instante, no Nortista, o protetor de que precisava.

— Afinal? — insistiu ele, fechando as fivelas aos cintos da pasta.

Depois, começou a rir:

— Você foi? Eu lhe disse mesmo Instituto Médico Legal? Meu Deus, onde é que eu ando com a cabeça? O Aguiar não trabalha mais lá.

Riu com a cara larga:

— Você deve é procurar o Registro de Óbitos. Sabe onde é o Ministério? É logo ali, está vendo?

Bateu-lhe nas costas, em sinal de despedida:

— Seu nome deve figurar na lista dos que vão ser enterrados hoje. Vá depressa, antes que seja tarde, quer dizer: antes do enterro.

De pé no meio-fio, Josias observava as pessoas que passavam, homens e mulheres, fisionomias sempre estranhas. Tinha poucos conhecidos, quase que só os companheiros do trabalho. A calçada cheia de gente, ninguém tomava conhecimento de sua presença no meio-fio, de sua presença no mundo. Quando morresse, só em Ouro Preto haviam de falar dele... "Deve haver um Registro de Óbitos", convencia-se, à meia-voz, enquanto atravessava a rua. Diante do edifício de portas altas, não sabia por onde entrar e ficou a olhar para cima, em busca de qualquer indicação. Recebeu em cheio, no rosto, o cálido sinal de presença de um burocrata que, na janela, espairecia seu tédio e sua bronquite...

* * *

O mulato uniformizado vagava o olhar pela sala ou o descia para o jornal dobrado nos joelhos. INFORMAÇÕES — dizia a tabuleta em cima do balcão.

— Se é matéria de processo, no Protocolo, terceiro andar.

O informante não o encarava e a voz inflexível parecia não saber informar outra coisa, com tamanha certeza:

— Se é matéria de processo, no Protocolo, terceiro andar.

Josias entrou na fila do elevador. "Protocolo, terceiro andar", dizia de si para consigo, até que, à sua frente, um homem de chapéu de palha tomou-lhe um movimento distraído por um gesto de interesse.

— Pois imagine o senhor que perfeito burocrata era o Caldas: morreu ao ser aposentado! — dizia o homem, com um sestro nervoso que repuxava o canto da boca e, simultaneamente, a ponta do casaco.

— Perfeito burocrata era o Caldas. Às onze menos quinze, impecavelmente, chegava à repartição. Cumprimentava o contínuo, caminhava até o cabide, depositava aí o chapéu, retirava cuidadosamente o casaco, dobrava as mangas da camisa e se sentava à mesa do trabalho, que só abandonava...

Josias, atento ao sestro, sentia queimar as faces de vergonha, como se ele, e não o outro, falasse com tanto espalhafato. Dentro do elevador, o importuno continuava a mesma história, os mesmos tiques, que só se interromperam no décimo andar, com a sua saída. Aliviado, Josias saltou no déci-

mo-primeiro, já esquecido de que buscava o terceiro, o Protocolo do terceiro andar. Pouco adiante, era obrigado a parar.
— Que deseja?
O braço atravessado à sua frente o impedia de prosseguir. Como ele não se explicasse, a voz, solícita, seguiu-se à barreira do braço:
— Se é matéria de processo, no Protocolo, terceiro andar.

— Terceiro andar? — perguntou a um menino que passava com um livro negro na mão.
A escada o deixara meio tonto. Logo em frente, estavam os guichês. O Protocolo, por trás dos guichês, era uma sala ampla, com mesas, máquinas de escrever e, ao fundo, os arquivos de aço.
— É aqui o Registro de Óbitos?
Do outro lado da janelinha, não havia ninguém para responder. Se não era ali, onde seria? Teve vontade de desistir. Sentia-se abatido, talvez fosse bom ir para casa e dormir o resto da tarde. Não corria o risco de lá encontrar o Tcheco, àquela hora certamente pela rua, no seu untuoso comércio de joias.
— O senhor que deseja?
Do outro lado, o funcionário, que acabava de chegar, batia o lápis em cima do balcão. Dobrando-se com esforço, Josias podia vê-lo, a cara impassível, esperando a pergunta.
— Registro de Óbitos?
— Este é o Protocolo do terceiro andar.

— Quer dizer que há outro?

— Protocolo Geral, quinto andar.

O Protocolo Geral era em tudo semelhante ao do terceiro andar. Atrás do guichê, o funcionário somava parcelas numa tira de papel. De instante a instante, movia a alavanca da máquina a seu lado e parecia conferir os dados de que dependeriam a rotação da terra e o caminho de outros planetas no sistema solar.

— Pode me informar onde é o Registro de Óbitos?

O funcionário pôs-lhe uns olhos frios, embaçados de somas e parcelas. A voz era neutra, mas clara:

— Setor do Organograma, sétimo andar.

Josias subiu as escadas, com os joelhos doendo a cada degrau. Havia primeiro a sala de espera, sufocada em biombos de verniz. O contínuo apontou-lhe o caminho:

— Fale com o Chefe da Primeira Seção.

Era preciso atravessar a sala de ponta a ponta. Atrás da mesa, amontoada de processos e telefones, um tipo franzino, de cabelo empastado, perdia ou ganhava alguma batalha decisiva para a humanidade.

— O senhor aí?

Josias olhou em torno de si mesmo, certificando-se de que o queixo impertinente do Chefe o apontava. Aproximou-se cautelosamente:

— Setor do Organograma?

A mão em concha na orelha, o Chefe inclinou-se para a frente, em atitude de quem vai fazer repetir uma blasfêmia:
— Setor de quê?
Josias reuniu suas últimas forças:
— ... do Organograma.
Iluminou-se a fisionomia do Chefe, que o observava de alto a baixo. Josias sentiu fugir-lhe a compreensão de tudo e abriu-se num sorriso néscio. O homem levantou-se, deu volta à mesa, num passo lento, provocante, e chegou tão próximo que as palavras lhe saíam carregadas com um bafo de fumo:
— O senhor não sabe ler? Não leu a placa? Quer que eu o chame de analfabeto?
A mão nervosa começou a bater a campainha, até que atendeu o contínuo:
— Leve esse cavalheiro para fora daqui. Deseja o Setor do Diabo Que o Carregue!
O contínuo, de relance, analisou o rosto cruel do Chefe e não ousou pedir esclarecimentos, na forma da lei. Tocou levemente no braço de Josias e saíram ambos, um à frente outro atrás, fulminados pelo olhar vitorioso do Chefe. O telefone tocava estridente, insistentemente.
— O que é que o senhor deseja? — perguntou lá fora o contínuo, ainda assustado.
— Josias observava-lhe os botões dourados da farda azul-marinho e não disse nada. O contínuo quis ajudá-lo, antes de partir:
— Se é matéria de processo, no Protocolo, terceiro andar.

* * *

— Saíram para o lanche e ainda não voltaram — informou alguém que acabava de olhar pelo guichê.
— É um inferno! — praguejou um rapaz, batendo o chapéu contra o joelho.
— Por que o senhor não procura D. Glorinha, no quarto andar?

Em Ouro Preto, Josias tinha uma tia Glorinha.

No quarto andar, entrou na primeira sala que viu aberta. A mesa, por seu aspecto, denunciava a presença próxima de alguém. Sentou-se, o corpo moído, as mãos e os joelhos esfolados. Enquanto esperava, voltou a pensar no Tcheco. Estremeceu, lembrando-se do sonho que tivera pela manhã. O carrasco tinha a cara do Tcheco...

— O senhor está me procurando?

A mão muito pequena se estendia, no ar. Como ele se conservasse perplexo, a mulher foi sentar-se à escrivaninha:

— Como é que o senhor se chama? — perguntou ela, pondo os óculos de aros dourados, para procurar alguma coisa entre os papéis.

— Josias Moreira — respondeu, e era naquele momento o nome de um desconhecido.

Estava toda de preto, o rosto enrugado e pálido. E falava com intimidade:

— Uma repartição como esta não é para qualquer pessoa. Eu, pobre de mim, é que tenho de aguentar este martírio. Estou enterrada aqui.

Soltou uma risadinha e encarou Josias, com os olhos apertados:

— Enterrada, sabe o que é isto? Bem que o falecido era contra esta minha vida. Coitado, acabou morrendo e não me viu fora deste inferno. Com quarenta e nove anos, imagine o senhor. Na flor da idade, Deus o tenha.

O tempo passava. D. Glorinha vibrava a mão pequenina no ar:

— Morreu num desastre de bonde. Foi horrível a morte do falecido. Estava indo para casa e morreu. Ia almoçar, coitado, e morreu.

Tirou os óculos. As lágrimas escorriam-lhe pelo rosto. Josias levantou-se, brusco:

— A senhora sabe onde é o Registro de Óbitos?

— Processo de terceiro ou o senhor é o próprio?

Josias queria retirar-se. D. Glorinha soluçava:

— Na morte do falecido, morreu de bonde, lhe disse?, foi uma dificuldade para tirar o atestado de óbito. Quase que enterram o coitado como indigente. Morreu na rua, pobrezinho. Se não fosse a Erotides, eu só ia saber no dia seguinte, depois de enterrado. O corpinho dele foi para o Necrotério, o senhor sabe onde é o Necrotério? De noite, fui encontrar meu marido no Necrotério...

A porta estava apenas encostada. Não havia ninguém na entrada, nem depois, uma sala maior de chão de ladrilho, com as paredes afogueadas pela luz da tarde coada através dos vitrais. As mesas de mármore, dispostas em fila e, na terceira delas, um corpo. Um cheiro ácido de chão lavado e formol se desprendia dos ladrilhos gastos. Era um corpo de mulher. Poderia ter uns quarenta anos, mas assim nua e rija sobre o mármore frio não tinha idade: era um corpo muito grande e muito branco. Diante dos pés enormes, Josias não lhe distinguia claramente o rosto: era apenas um corpo imenso, branco, sobre o mármore frio. O marido de D. Glorinha tinha ficado no Necrotério, o corpo estendido em cima de uma daquelas mesas. Ia almoçar e morreu; foi parar no Necrotério. Quem seria aquela mulher? Ia aproximar-se, para ver-lhe o rosto de perto, quando um grito ecoou contra as paredes de azulejo: um homem de tamanco investiu contra ele:

— Para fora! Para fora!

O vento soprava do mar um hálito de peixe, misturado a um cheiro de bicho e fruta podre que vinha do Mercado. Eram quase cinco horas. Josias caminhava contra o vento que dispersava as nuvens baixas. Um caminhão, carregado de frutas, passou por ele, umedecendo a rua com o aroma fresco de um pomar. Duas pombas, descendo do telhado em voo sinuoso, estalaram as asas no ar e uma delas pousou, rápida, no seu ombro. Assustada, descreveu uma grande curva no espaço e desapareceu por trás do Mercado. Havia um café ali perto, Josias tinha fome, mas não podia sentar-se e comer.

— Cemitério do Caju — disse para o chauffeur, apertando no bolso o dinheiro.

* * *

Um pequeno grupo de pessoas se arrastava lentamente entre as sepulturas. Hesitou um pouco, o acompanhamento parou. Foi andando pela aleia de pedras, com os olhos nos sapatos puídos e nas baratas que cruzavam de um para outro lado, até tropeçar num homem gordo, de chapéu na mão à altura do ventre, que o olhou como se o reconhecesse e se desmanchou num sorriso de homenagem.

— É o enterro de Josias Moreira? — perguntou a medo.
— É.

O desconhecido abriu os braços, consternado. Josias insinuou-se por entre as pessoas, até colocar-se bem junto à sepultura. Todos o olharam como se aguardassem apenas a sua chegada. Rangendo nas carretilhas enferrujadas, o caixão entrou meio torto na cova. Josias, solícito, ajudou os dois coveiros a ajeitá-lo. Quando de novo as correntes foram retiradas e cessou o ruído, uma mulher quebrou o silêncio com dois ou três soluços (D. Glorinha soluçava assim pelo marido). A tarde violácea impregnava o cemitério de uma estranha paz. Levantando os olhos, Josias viu, pouco adiante, a copa de uma palmeira sacudida pelo vento. Teve a impressão de que já tinha vivido tudo aquilo e agora a cena se repetia, sem emoção. Alguém tocou-lhe as costas com os dedos, sugerindo-lhe um gesto que lhe competia. Josias enfiou então a pá na terra fofa e atirou-a sobre o caixão, numa pancada oca. Logo, em movimentos frenéticos, todos começaram a atirar flores e terra à sepultura. O gordo, manejando a pá com esforço, tinha o rosto suado, curvado à boca do sepulcro. Súbito, caiu sobre a cova uma vasta coroa de flores: copo-de-leite e cravo roxo. O Tcheco, à luz da tarde, tinha o olhar irônico.

A terra continuava tamborilando sobre as tábuas surdas e vazias do caixão.

A pedrada

— Vá embora, menino. Não se meta com gente grande. Parado no meio da rua, com o embrulho agarrado junto ao peito, o homem hesitava. Deu três passos e parou de novo. Os meninos, no meio do quarteirão, pararam também. Eram dois garotos e uma garota, descalços, sujos, carregados de pedras com que ameaçavam o inimigo.

— Meninada cachorra! Sem-vergonhas! Acabo fazendo como o carvoeiro!

A primeira pedra partiu, impetuosa, da mão da menina, a mais exaltada, e ricocheteou duas ou três vezes no asfalto. Passou de raspão na calça rota do homem, que fugiu ao golpe, num passo de dança.

— Veado! — gritou ela, animando os companheiros e abrindo a ofensiva.

Imediatamente, o garoto largou também a primeira pedrada, uma segunda e uma terceira.

— Veado! — esgoelava a menina.

O homem, temendo acovardar-se, encostou-se ao muro

baixo de uma casa, com o embrulho na mão. Estava ao desabrigo. Depositou o embrulho em cima do muro e caminhou alguns passos, para ocultar-se por trás de um arbusto plantado na calçada. Olhou para as janelas do edifício, a ver se havia algum espectador. Havia uma velha, atraída pelos gritos da meninada.

— A senhora está vendo essa molecada — disse ele, debaixo do fogo inimigo, que tinha recrudescido.

E voltando-se para a menina, que se achava mais à frente:

— Diabo de gente! Depois eu estripo um, vão reclamar!

— Veado — insistia a menina, com fúria.

E animava o companheiro mais próximo, que tendia à trégua:

— Anda, Quincas, carimba agora.

— Cuidado, Juca.

O menorzinho, um franco-atirador que aderira à refrega, entrou forte no ataque. As pedras zuniam.

— Cuidado, meninada! Já avisei demais. Olha que eu pego um e vou tirar sangue na boca!

Os três bravos continuavam o ataque, obstinados, cegos:

— Veado! Veado! Veado!

O homem recuou alguns passos. Percebia-se que era sua intenção evacuar o campo. Uma pedra bateu-lhe em cheio no joelho esquerdo. Outra raspou-lhe pelo rosto, arrancando uma gargalhada conjunta dos três atacantes. Irritado, o homem agarrou o primeiro calhau ao alcance da mão e despediu-o com violência sobre os agressores, agora muito próximos. O moleque levou a mão ao rosto e caiu no asfalto, com um grito de dor. A menina, vendo ferido o companheiro, saiu a correr, alucinada, sobre o homem:

— Covarde! Veado! Assassino! Eu te mato!

Por um segundo, o homem hesitou, temendo a atitude que teria de tomar.

— Não disse? E agora? — explicava-se, dirigindo-se mais à velha, que a tudo assistia, da janela.

Juca avançou disposta, distribuindo-lhe pontapés. O homem procurava desvencilhar-se, afinal deu-lhe um empurrão e ela caiu junto à sarjeta. Aproveitou-se do tombo para fugir. Mas Juca levantou-se logo, mais furiosa:

— Veado! — gritou repetidamente, o pescoço dilatado no esforço, até desistir de persegui-lo.

Voltou correndo ao companheiro ferido, que jazia solitário no chão. O franco-atirador desaparecera. Quincas gemia de leve, com o rosto ensanguentado.

— Quincas — ela chamou, com voz doce.

Agachou-se junto do corpo ferido e levantou-lhe a cabeça, num carinho maternal. Tinha os olhos fechados, uma contração de dor na boca. O sangue quente do menino sujava-lhe as mãos.

— Veado! — gritou ela mais uma vez, a toda força, sem saber que atitude tomava.

O porteiro do edifício, atendendo ao chamado da velha que da janela pedia socorro, surgiu, correndo, assustado:

— Que foi?

Outras pessoas foram aparecendo das casas vizinhas e formavam um círculo de curiosos em torno.

— Automóvel?
— Caminhão?
— Pedrada.
— Quem foi? Podiam matar a criança.
— Uma pedra desse tamanho!
— Gente perversa! Ainda outro dia foi aquele monstro do carvoeiro...
— Está muito machucado. A assistência não vem?
— Qualquer carro serve. O hospital é logo aqui perto.

Juca, confusa, olhava o asfalto sujo de sangue, que agora empapava a ponta de seu pé.

— Veado — resmungava, coçando os olhos injetados.

Da janela, a velha queria pormenores. Ninguém da rua lhe dirigia a palavra. Gritou pela empregada, para ir ouvir o que se dizia sobre o menino, ou prestar algum depoimento. A criada não tendo ouvido, desistiu.

— A assistência não vem? Pode morrer.

Juca abriu a boca a chorar.

— É seu irmão?
— Não.
— Quem é?
— É o filho de D. Afonsina.
— Onde é que mora?
— No Parque.
— Seu nome como é?
— Juca.
— Ué, você tem nome de homem?
— Apelido.

Importuno! Por que perguntava tanto? Os soluços a sufocavam, livres agora. Quincas podia morrer, a assistência não vinha.
— Não amola — gritou ela.
— Eu previa uma coisa dessas. Essa molecada do Parque Proletário anda insuportável. O senhor acredita que ontem... O caminhão da limpeza pública vinha passando pela rua. Parou junto ao agrupamento. Os lixeiros se aproximaram, curiosos.
— Atropelado? — perguntou um deles, vendo apenas as pernas do menino.
— Coitado, parece tiro.
Várias pessoas taparam o nariz, com nojo.
— Tirem esse caminhão daqui. Sufoca o menino, credo!
— Não sei como ainda pode existir gente para uma profissão assim — comentou uma mulher gorda, de xale na boca.
— Quem sabe o caminhão do lixo pode levar o menino?
Um senhor de óculos, que tomava o pulso de Quincas, levantou-se com ar profissional e disse, sem olhar para ninguém:
— Parece que está morto.
Juca saiu a correr pela rua, primeiro em silêncio, depois num grito uivado, ininterrupto. Na esquina, parou, sem saber para onde ir. Voltar para o Parque? Lembrou-se de D. Afonsina... Tinha vontade de correr ao hospital. "Parece que está morto". Morto, Quincas. Ofegante, os olhos enxutos, percebeu que trazia a mão fechada. Agarrava com força um último projétil.
— Veado! — gritou com furor, atirando a pedra no poste. Um silvo metálico repercutiu pela rua, a que as sombras da tarde já davam um ar lúgubre.

O casto Redelvim

Andava de um lado para outro, parando aqui e ali, sempre com os olhos no anúncio luminoso à porta do sobrado: "Dancing Nova Era". De vez em quando, um vulto saía, primeiro vermelho-esverdeado sob o gás néon, depois liberto pela rua, em busca de um táxi que passasse. Redelvim estremecia de leve, numa esperança logo desfeita: não era ela. Tinha boa vista, podia enxergar ainda à distância, distinguindo um rosto na madrugada cinquenta metros adiante. Sempre se gabara de seus olhos de lince e tinha horror por esses velhos míopes, que andam tateando às cegas. Saltando de uma ideia a outra, Redelvim contava os passos pela calçada, de ponta a ponta do quarteirão. De quando em quando, parava, a intuição lhe dizendo que ela vinha saindo à rua, voltava-se — mas ninguém. Então retomava a última imagem (entregue a um relaxamento interior, já não tinha ideias, tinha imagens) e continuava até a esquina. Lembrava qualquer acontecimento do dia, uma passagem banal na repartição e daí mergulhava na recordação de qualquer velho episódio de sua vida, quando... "Deve estar saindo". Olhava de repente, os olhos pequeninos brilhando, mas não via ninguém. De novo recomeçava o jogo das imagens e, batendo a mão direita na esquerda espalmada, interrogava-se à meia-voz: "Que era mesmo que eu estava pensando?". E repetia as pancadas na palma da mão, castigando-se com bonomia pela memória fraca.

Olhou em torno: um rato ganhava pachorrentamente o espaço entre um bueiro e o esgoto por onde a rua adormecida respirava seu bafo contra a noite fria. "Um capote não me faria mal" — ia pensando, quando seu coração se acelerou, era ela. Viu bem o seu rodopiar gracioso à luz vermelho-esverdeada do gás néon. Trazia a capa de peles (presente dele), as mãos petulantemente enfiadas nos bolsos rasos. Redelvim sorriu: ela examinava exatamente o lado oposto, buscando encontrá-lo onde ele não se achava. Depois caminhou até o meio-fio, pensativa, rodou a cabeça para um e outro lado e afinal o descobriu. À distância, Redelvim supunha ver os seus pequenos trejeitos, os lábios mordidos, o olhar interrogativo, e isto o enchia de satisfação.

Correu para ela, mas Daisy é que o acolheu nos seus braços jovens, elásticos. Redelvim beijou-lhe o rosto, comovido.

— Como vai a minha menininha?

Daisy sorriu:

— E o meu velhinho como vai?

Um leve mal-estar o ameaçou, mas fazia bem aquela mistura de calor, perfume e corpo a envolvê-lo. Daisy tomou-lhe o braço e, bem aconchegados, um pouco mais alta, partiram.

Redelvim temia passar pelo restaurante. Preferia ir diretamente para casa, ocultando a sua felicidade. Nem sempre ela concedia. Ele se sentia mal à mesa iluminada, rodeado de espelhos, projetando a juventude de Daisy em todos os ângulos. E havia sempre muitas outras pessoas para observá-los, rapazes de cabelos compridos e unhas polidas em companhia de mulheres que ele achava indiscretas e vulgares (companheiras de Daisy no Nova Era). Os olhares que então adivinhava fixados sobre ele o maltratavam, anulando a sua disponibilidade interior, cheia de imprevistos coloridos.

Daisy não quis passar pelo restaurante. Caminharam assim juntos e lépidos até o ponto do táxi e aí entraram no carro de vidros bem fechados. Qualquer palavra dela soava-lhe doce e definitiva:

— Você está com frio, meu bem?

Naqueles primeiros minutos, até o apartamento, preferia ficar calado, venerando. A felicidade, porém, trincava o silêncio. Era difícil conter as ondas quentes e os impulsos que lhe davam à alma nova dimensão. Entregava-se então a pequenos ritos: acertar o batom nos lábios finos, fechar a gola da blusa, rodar o anel no dedo delicado ou simplesmente acariciar os cabelos castanhos. Daisy sorria apenas, ou deixava-se estar com ar fatigado que o umedecia de ternura.

— Meu amorzinho está cansado — balbuciava Redelvim, com um tom de voz que jamais ouvira de si mesmo.

Ela, recém-vinda da sala sufocada do dancing, se entregava a um torpor inclinado às meias carícias.

O pequeno apartamento — as cortinas cor de vinho cheirando a naftalina — tinha um ar severo, com um balcão aberto sobre as árvores copadas da praça. Na cozinha minúscula, esfregando as mãos frias, Redelvim preparava o chá quente de todas as noites. De longe, chegava-lhe o apito melancólico de um trem retardatário.

Encolhida debaixo dos lençóis, Daisy cochilava. Nessa noite, parecia mais cansada, ao sorrir, sonolenta, com a xícara à mão. Redelvim sentou-se na beira da cama, descobrindo no aroma do chá o hálito doméstico de Daisy.

— Meu amorzinho está com sono?

Ajeitou-lhe a alça da camisola de seda (último contrabando francês) e cobriu-a depois até o pescoço. Saiu com os chinelos batendo de leve no assoalho e, na cozinha, colocou minuciosamente as xícaras na prateleira, depois de lavá-las na água quente. Passando à saleta num passo cauteloso, começou a despir-se. Ao pôr a calça do pijama, voltando a cabeça para baixo, descobriu suas pernas magras e peludas, os joelhos pontudos com os ossos à mostra. Mas ele sempre fora magro, desde rapazinho. Ultimamente, seus colegas na Alfândega até o achavam muito bem disposto e caçoavam com ele: que tônico andava tomando?...

Redelvim sorriu, misterioso, e entrou no quarto, onde Daisy já tinha adormecido. Vinha sendo quase sempre assim.

Ele chegava de mansinho, deslizava sob os lençóis frios e ela acordava com um muxoxo, o suficiente para dizer que tinha tomado conhecimento de sua presença na cama. Redelvim beijava-a delicadamente na testa. Se ela queria, conversavam um pouco, falava do Nova Era, dos homens brutos ou esquisitos que a perseguiam para dançar, das companheiras e dos casos de amor de uma e outra. Ele a interrompia a cada instante, para beijar-lhe os olhos, depois as mãos e os dedos, depois os ombros, depois novamente os olhos. Falava pouco de sua vida, mesmo porque Daisy nunca lhe fazia perguntas. Ela se acostumara com o seu jeito, nada lhe estranhava e não perguntava mais, como no princípio:

— Redel, você não sente falta de mulher?

Daisy dormindo, vinham-lhe agora lembranças de antigamente, importunas lembranças há muito afogadas insistindo para voltar à tona. Redelvim defendia-se contra o passado. Não seria um velho como tantos outros.

Na praça, embaixo, parou o bonde com estrépito e de novo iniciou sua marcha barulhenta. Pouco depois, soaram, na igreja próxima, quatro horas da madrugada. Redelvim precisava dormir. A ameaça de insônia o incomodava. Enervado, não queria levantar-se e ir até o banheiro, onde tinha as pílulas para o sono. Ele tinha medo que a própria respiração fizesse estremecer aquele corpo jovem, estendido na cama, a seu lado, e que dormia tão serenamente.

O gato tresnoitado espichou-se pela porta e saltou preguiçosamente na cama. Redelvim afugentou-o com um gesto de enfado. Fechou a luz da cabeceira e cerrou os olhos de lince. Antes de afundar a cabeça no travesseiro, beijou de leve os cabelos de Daisy, que, no escuro, pareciam iluminados pelo reflexo próximo de uma nova aurora...

Velhos

I

— Seu Marcondes! Seu Marcondes!

No sol de três horas da tarde, nem as folhas se mexiam. As laranjeiras tostadas sombreavam o caminho da horta, queimando de calor.

— Ô seu Marcondes!

No fundo do quintal, depois dos canteiros de hortaliças, o riacho cantava nas pedras. Quando dava para se ouvir o fiozinho d'água, o silêncio era mesmo completo.

Sá Zinha arrebanhou as saias pesadas de fazenda pintada e hesitou se ia ou não mais adiante. O sol queimava; era hora de alguma cobra, se houvesse cobra ali, estar escarrapachada no chão, pronta para picar. Sá Zinha tinha horror a cobras. Mas seu Marcondes não respondia. Onde teria se metido? Deu três passos adiante (a mangueira tapava a vista) e atolou o pé na terra fofa de um formigueiro. Caçou os óculos no bolso do casaco da gola de veludo, com a mão trêmula ajeitou-os no rosto (uma lente estava trincada de lado a lado). Dobrou as cadeiras com esforço, doíam os rins, para ver de perto: as formigas, atiçadas com a pisadela, corriam tontas, de grãozinho branco ou bandeirinha verde na cabeça.

— Porcaria de formigada, arre! Não é pouco acabar com a plantação!

Pisou com força o montinho de terra, depois se afastou. Duas ou três formigas mais ousadas subiam-lhe as pernas magras, no caminho das veias estufadas. Os bichinhos ferravam com maldade a pele de Sá Zinha, mas a velha estava imunizada, nem sentia. Preocupada, pensava que daí a pouco chegava o carro trazendo os toros queimados de lenha. Tinha de providenciar, mandar o negro Elpídio abrir o portão, vigiar o descarregamento, senão já sabia: largavam tudo na rua, entupindo a passagem. Gente ordinária, o pessoal do Nico Lenheiro... Mas que fazer? Naquele mesmo dia começava a faina das quitandas, rosca da rainha, rosquinha de polvilho, bem-casado, broinha de milho, pão de queijo, rosquinha de vento, biscoito de polvilho, amanteigados — uma encomenda para o casamento da filha de D. Nicota, mulher de Zeca Alfaiate, êta homem preguiçoso! Mas por onde diabo andaria seu Marcondes? Há de ver que nem ouvia, surdo como uma porta. Sá Zinha puxou pelos pulmões, cantando em três tons:

— Seu Mar-con-dês!

O grito desafinado sumia no marulhinho preguiçoso do riacho, quando ela apurou o ouvido:

— Oi!

Bem que calculava, o velho andava por ali mesmo:

— Ô seu Marcondes, não está ouvindo?

A voz rouca soou mais perto:

— Oi!

Sá Zinha juntou as saias na mão e foi pisando as folhas secas, na direção da mangueira, quando ouviu um barulho molhado se levantando do chão:

— Ô seu Marcondes, está mijando de novo, velho sem vergonha!

Implicava com a urina solta de seu Marcondes, onde é que já se viu? Ajeitou os óculos no nariz muito fino e espiou, de cabeça levantada: meio escondido, atrás do tronco, lá estava ele.

— Não está ouvindo, homem de Deus?

Seu Marcondes não dava mostras de ter ouvido. Depois de aliviado, voltou-se para o lado em que ela vinha, pisando com cuidado para não matar as mudas de salsa. Agora estavam perto um do outro. Seu Marcondes ajeitou a touca no alto da cabeça sem um fio de cabelo. Tinha as mãos esclerosadas, trêmulas, e abotoava com dificuldade a braguilha da calça de brim. Há bastante tempo percebera que Sá Zinha andava por perto, ouvia os gritos desafinados dela, mas não respondia. Sabia que acabava chegando até ali. Depois, nem tinha ânimo; queria ficar quieto debaixo da mangueira, aproveitando a fresca, ouvindo o riacho cantando de mansinho atrás dos bambus. O sabiá-laranjeira silenciara com o calor sufocado da tarde. Só mesmo os sem-vergonhas dos tico-ticos e dos tizius se agitavam de um galho a outro das árvores, ou ciscavam o chão estorricado. Uma lagartixa passou coleando e foi aderir à casca da jaqueira. Seu Marcondes gostava daquela paz. Se não vinham buscá-lo, ia ficando, cochilava olhando o muro de pedras que fazia a divisa com a horta do vizinho.

— Ó homem, Deus te livre! Já viu só? Passa para dentro, criatura de Deus! Eu, cheia de serviço, e tendo de cuidar de um homem velho dessa maneira!

Seu Marcondes já sabia que não tinha jeito: o melhor era ir tratando de se encaminhar para dentro. Só assim Sá Zinha podia deixá-lo em paz. De mãos espetadas na cintura, ela espiava o velho arrastando os chinelos na terra.

— Caminha, criatura! — e o empurrava de leve, com a vista no chão, para ver onde pisavam.

Andavam devagarinho, seu Marcondes ainda com mais dificuldade. Uma galinha, com a ninhada de pintos em algazarra, ciscava furiosamente, de bico aberto.

— O que é aquilo, seu Marcondes? — perguntou Sá Zinha, contraindo as rugas do rosto. Ó gente, não vê que é fumaça?

Seu Marcondes não enxergava nada:

— Anh... — concordou ele.

— Escuta só que é a Carlota que está me queimando o forno!

Sá Zinha procedia como se tivesse diante dela a mulatinha:

— Ah, bunda de arroba, tu me paga!

Depois, perdendo o ar feroz:

— Olha o degrau, seu Marcondes. Está, agora caminha sozinho.

A fumaceira invadia o pátio de pedras, despertando a cadela que ressonava numa nuvem de moscas. O forno de barro estalava de quente. Desperdício de lenha, Virgem! Precisava entrar logo, mas sentia a bexiga doendo, porcaria de rins. Será que estava que nem seu Marcondes? A fossa ficava muito lá em cima, Sá Zinha não se animava a subir tudo de novo. Chegou-se para o canto, espalmou a mão direita no paredão, servindo de apoio, e abriu as pernas magras e altas: o líquido de cobre espumava no chão, entre as pedras lisas. A fumaça entrava-lhe pelos pulmões a dentro, engasgava:

— Carlota, sem-vergonha, vadia! Que é que tu faz que não olha essa fumaceira?

Ouviu vozes lá dentro, na cozinha. A mulatinha riu alto, de dentro do fumo. Sá Zinha, irritada, ia gritar, quando percebeu, subindo molemente a rua, o chiado monótono do carro de bois. Devia ser a lenha que chegava:

— Elpídio! Carlota!

Encostada ao paredão, acabou apressada de aliviar-se, para começar a agir. Tinha muito o que fazer; e sobretudo botar aquele pessoal trabalhando. Aos gritos de Sá Zinha, a cachorra latiu, com preguiça, dentro do ar parado. Lá dentro seu Marcondes tossia.

— Sai da fumaça, seu Marcondes! Não acabou ainda com esse diabo de verter água que não para?

Com a mão no muro de pedra, Sá Zinha escorava o seu mundo. E abalou-se para a cozinha, com passos miúdos e nervosos.

II

O relógio bateu, lentas, onze badaladas. Sá Zinha acabava a lufa-lufa do dia.

— Onze horas, Nossa Senhora!

A cidadezinha dormia. Apenas, lá embaixo, no princípio da ladeira, o botequim A Lanterna do Oriente continuava aberto, com alguns poucos notívagos, boêmios desclassificados que a população desprezava.

À luz frouxa da sala — a lâmpada era que nem uma brasa pendente da esteira do teto — Sá Zinha ajeitava nas folhas de bananeira a massa para as roscas, que seriam assadas no dia seguinte. As últimas quitandas tinham sido tiradas do forno, que ainda ardia, esquentando toda uma ala da casa.

— Carlota, espaventa estas moscas daqui!

A mulatinha, que gostava daquela agitação, acorreu pressurosa, com o abanador de palha de avivar as brasas do fogão.

— Enxota pela janela, crioulinha!

Sá Zinha sentou-se, com as costas doendo, na ponta da canastra de roupa de cama e olhou, orgulhosa, o resultado de seu trabalho. As latas abarrotadas de biscoitos, os mais gostosos da cidade. Felizmente, os pães de queijo não ficaram minguados, como os que fazia, às pressas, para a venda, que ela, a dizer verdade, é que mantinha. Agora era esperar pelo dia seguinte, para ver como iam sair as roscas. A receita era boa, do tempo antigo; se a farinha prestasse, iam crescer. Botou os óculos, para ver melhor. Mas não enxergava dois metros adiante, com clareza.

— Ô luz trem!
Carlota fechou, uma por uma, as bandas das janelas. Um morcego bateu contra as paredes e foi pousar no teto. Sá Zinha levantou-se, com a cãibra formigando nas pernas, tropeçou na banqueta de três pés e foi até a cozinha. Elpídio, sentado junto ao fogão, tinha a cara lambida de labaredas altas que faziam tremer as sombras.
— Negro sem-vergonha, vá te deitar! Tu está acordado para gastar minha lenha, bicho à toa!
O negrinho passou raspando pelas suas saias e sumiu pela porta afora. Sá Zinha fechou a janelinha alta, arrancou do fogo um último tição, para poupar o resto da lenha, e agarrou a lata d'água quente de cima da chapa. Estava pesada demais, mas não se animava a gritar pela Carlota, que já devia ter se metido na cama, no paiol, preguiçosa! Carregou a lata até a sala e, de novo sentada na canastra, preparou a bacia para o escalda-pés. Tudo parecia em paz. Um grilo, no jardim, contrastava com os sapos, do outro lado do muro. Com os pés magros dentro d'água morna, Sá Zinha cochilava em cima do rosário de contas de madeira. Seus dedos dormentes — as juntas duras do reumatismo — deslizavam, mecânicos, de ave-maria em ave-maria.
— Glória ao Padre, ao Filho, ao Espírito Santo. Assim como era no princípio, agora e sempre, por todos os séculos *saeculorum*. Amém.
Deixou dois mistérios para rezar deitada. Trocou o pavio da lâmpada de óleo que iluminava o Sagrado Coração de Jesus e punha alguns reflexos perdidos no vidro do quadro

da Boa Morte, ao lado. A gravura que representava o fim de um ímpio, com o diabo puxando os lençóis do moribundo e a sacola com o cifrão a seus pés, permanecia completamente às escuras. Desceu a vidraça que ficara aberta no quarto de costura e enfiou o camisolão branco, sem acender a luz. Seu Marcondes, esticado de peruca de meia à cabeça, roncava num sono de justo. Sá Zinha ajeitou o corpo moído no colchão fofo, aspirando o cheiro fresco de palha. Mal se deitara, porém, um violão veio descendo a rua, acompanhado de vozes. Na certa, ainda iam para a Lanterna do Oriente, embriagar-se e depois acordar as famílias com uma serenata.

— Gente à toa! Tirar o sono de quem trabalha!

III

Tinha a impressão de que ouvira gritarem seu nome. Acendeu a luz na cabeceira alta do catre e, com um gemido, jogou as pernas para o chão.

— Seu Marcondes!

Contornou a cama, depois de meter os pés nos chinelos de liga, e alisou o lençol com a mão. Estava frio; o velho devia ter saído há mais tempo, e não vira. Em cima do criado-mudo, o copo d'água com as dentaduras.

— Seu Marcondes! — um pigarro travava-lhe a voz.

Estaria espairecendo a insônia na cozinha, como gato no borralho. Lá fora não havia de estar; tinha medo do sereno. A noite era de lua: podia ser a dispneia que apertara. Vestiu por cima da camisola o casaco de casimira e saiu para inspecionar.

— Está que nem criança. Há de ver que anda aí a verter água.

O luar desenhava os vidros da janela no chão da sala de jantar. O gato se espreguiçou em cima da mesa, aninhado entre as roscas que cresciam na madrugada. O pavio do Sagrado Coração emitia estalidos secos, com a chama lambendo os pés da imagem imóvel. De novo bateram à porta. Àquela hora? Com uma jaculatória entre os lábios, Sá Zinha levantou os olhos para o Coração de Jesus. No corredor, fechou bem o casaco na garganta. Junto do porta-chapéus da entrada, torceu o comutador, mas a lâmpada estava queimada. Levantou a tranca de madeira, atravessada de lado a lado. Antes de torcer a chave na fechadura, ouviu vozes do outro lado:

— Sá Zinha!

Havia mais de uma pessoa. Àquela hora!

— Boas noites, Sá Zinha.

O cumprimento recendia a cachaça. Com o chapéu na mão, o homem parecia engasgado.

— Boa noite, Zeca. Um pai de família nessa baderna, nas vésperas de casar uma filha!

Os dois companheiros esperavam no portão. Com medo da friagem, Sá Zinha arriscou um olho pelo jardim que o luar enchia de sombras. Alguma coisa continha o seu impulso de dar com a porta na cara do importuno — fosse amolar o diabo!

— Desembucha, homem!

— Seu Marcondes estava caído na rua do lado de lá.

— Seu Marcondes! — gritou ela, percebendo que precisava tomar alguma providência.

— Parece que está machucado.

Saiu, expedita, para o jardim. Junto ao portão de ferro, dois homens seguravam, de encontro ao muro, o corpo mole de seu Marcondes.

— Esse velho está ficando de miolo chocho! Como é que foi parar lá na rua?

Dava-lhe tapas no rosto flácido e apalpava-lhe o corpo ossudo, coberto apenas pela camisola de dormir.

— Arrasta cá para dentro. Está de vertigem, meus santos e anjos do céu!

Seu Marcondes, largado nos braços dos três homens, parecia um fantasma. Entraram com respeito pela casa e foram estendê-lo na cama do quarto de costura, que era a mais próxima.

— A gente saía da Lanterna, quando ouviu uns gemidos na rua da ladeira.

— Estava caído no capim. Por isso que ficou molhado. Se fosse na outra rua, batia nas pedras.

— O doutor anda pela fazenda do coronel Sousinha, vendo as doenças de D. Engrácia.

Sá Zinha voltou, correndo, da cozinha, com o rosário sobre o peito, como um colar. Trazia água esperta com sal.

— Dá um pulo na farmácia e acorda seu Lucas.

IV

As pedras largas da ladeira já estavam gastas, lisas, indicando o caminho que os pés de Sá Zinha sabiam de cor, lentos mas seguros. A igreja aparecia no alto, com o sol explodindo por detrás, do outro lado do morro. Cá embaixo, uns restos de sombras da madrugada ainda cobriam o mofo dos telhados.

Há quinze minutos, tinham tocado os sinos da primeira missa. Talvez chegasse atrasada... Não podia ir mais depressa; a subida era muito forte e já significava um sacrifício duro de suportar todos os dias. Entrava quase sempre ofegante na igreja, com o rosto pálido do esforço, o nariz ainda mais afilado. Às vezes ficava tonta, custava a aguentar o jejum.

De um ano para cá, o velho piorara muito. Estava mesmo caduco. Se antes já era calado, agora não abria o bico. Ficava dias inteiros parado como uma plasta. E com aquela mania de sumir no quintal, com risco de levar um tombo e quebrar uma perna. De gente de casa não se diz uma coisa dessas, mas o velho estava ficando zureta. E agora estava positivado: pular da janela na rua! Deve ter saído muito de mansinho, ou então era o sono pesado da fadiga do dia, que ainda ia continuar toda a semana, até o sábado, quando casava a filha do Zeca Alfaiate. Um homem com tanta obrigação nas costas, fazendo serenata e bebendo na Lanterna do Oriente, como um vagabundo qualquer do Morro do Pica-Pau, onde só tinha mesmo gente ordinária. Ainda bem que foi da janela do lado da ladeira, mais baixa, e caiu no chão de terra, em cima do capim. Seu Lucas da farmácia não sabia o que receitar, era capaz de ter havido alguma fratura. O doutor é que ia dizer...

Desceu o xale para a ponta dos ombros pontudos. Com a mão nas cadeiras, subiu os degraus da escada do adro. Mais alguns passos, estava na igreja. O perfume fresco das margaridas, de envolta com o cheiro queimado das velas, fazia-lhe bem. A missa ia adiantada. O latim do pároco repercutia pela nave, riscada com o voo das andorinhas, prisioneiras do templo. Sá Zinha botou os óculos, para espiar primeiro as pessoas que estavam por perto, as mesmas de todo dia. E tossiu forte, anunciando que tinha chegado.

V

Foi ligeira para a cozinha. De passagem, apalpou algumas roscas em cima da mesa, sujando as pontas dos dedos na pelinha de polvilho que recobria a massa. Ela mesma gostava de passar o seu café, que era ralo e quase sem doce.

Enquanto fervia a água, encheu de ruídos a boca, mastigando um pão de queijo elástico. Tinha ficado fofinho, bem diferente daquele todo embatumado que as outras quitandeiras faziam...

— Carlota!

Parece incrível, mas se esquecera de seu Marcondes. Também, mesmo estando em casa, o velho parecia ausente, de tão calado e sumido!

— Minha Nossa Senhora!

Dando com a cama vazia, Sá Zinha correu à janela, a mesma, e olhou lá fora. Do jeito que ele estava, não podia se levantar.

— Carlota! Elpídio!

Foi encontrar a mulatinha regando as plantas.

— Quedê o vadio do Elpídio? Isso é trabalho dele. Qual, negro quando não borra na entrada, borra na saída.

A mulatinha conservou-se à distância, com o regador na mão. Sabia que Sá Zinha dera com a falta de seu Marcondes.

— Está lá em cima, debaixo da mangueira. Foi seu Totônio Relojoeiro que ajudou eu mais o Elpídio a carregar com ele.

— Crioulinha ordinária, que é que tu tinha de se meter com esse relojoeiro de meia-tigela!

— Seu Marcondes pediu, ralhou com todo mundo, por causa das necessidades lá dele.

O velho estava mesmo desparafusado! Quando ela saíra para a missa, deixara-o na cama, gemendo, sem poder se mexer. Parecia ter quebrado uma perna. Na idade em que estava, um tombo daquele! E ainda assim inventava essa doideira de ser levado lá para cima.

O sol da manhã doía na vista, de tão claro. A mão defendendo os olhos, Sá Zinha subia, passo a passo, pela horta acima. Na cerca de bambus que protegia as hortaliças contra as galinhas, parou.

— Seu Marcondes!

A passarinhada voava de galho em galho, numa algazarra de ensurdecer.

— Não está ouvindo, homem de Deus? Passou, curvada, por baixo das laranjeiras e foi em frente, chapinhando as folhas secas em que uma brisa fresca, de quando em quando, rumorejava. Parou, cansada, junto à jaqueira. Parecia ver seu Marcondes recostado no tronco da mangueira.

— Onde é que foi seu juízo, criatura!

Sá Zinha aproximou-se, assustando duas rolinhas que beliscavam o chão, perto dos chinelos do velho. Botou os óculos para ver melhor, agachou-se, tocou-lhe o ombro, com força.

— Seu Marcondes! Está dormindo, velho sem-vergonha!

O olhar vidrado apontava uma lagartixa aquecendo-se ao sol, que irizava lascas das pedras do paredão. A mão apertava um punhado de terra e pelo braço estendido começava a subir uma correição de formigas embandeiradas.

— Elpídio! Carlota, bunda de arroba! Agora vêm me ajudar, que vai ter velório!

O grito de Sá Zinha fez calar a passarinhada, por um instante. O bulício matinal do córrego sussurrava aos ouvidos mortos de seu Marcondes, para perder-se mais adiante, por trás do bambual imóvel.

O calcanhar de Aquiles

— Aquiles me falou muito bem de você. Tenho certeza que vamos ser bons companheiros.

Morena, os cabelos tintos, aparentava no rosto afogueado pelo calor, os vinte anos sadios que tinha. Calçada com sandálias que lhe deixavam nus os pés claros, a impressão de frescura que se desprendia de sua presença me tranquilizava.

— O que é que você faz nessa mesa? — perguntou ela, à vontade.

— Desenho.

Tinha modos vulgares e se vestia com espalhafato.

— Quer dizer que eu vou morar aqui neste quarto? — disse ela, dando-me as costas, enquanto remexia a mala.

— Meu atélier.

— Seu o quê?

O tom íntimo com que falava me irritava. Amaldiçoei o momento em que concordei com aquela loucura.

— Vou dormir neste sofá?

— Vai.

— Vamos ser bons amigos — disse ela, sentando-se e balançando as pernas. Você não precisa ter vergonha de minha presença, ouviu?

Conheço Aquiles desde quando tínhamos vinte anos e juntos trabalhávamos na *Gazeta*, ele como repórter, eu como desenhista. Aquiles tem o seu lado sedutor. Nos tempos de jornal, muitas vezes me deixei ficar pela noite adentro, ouvindo-lhe as intermináveis conversas. Fui, assim, testemunha de sua fulminante paixão por Margarida, a vizinha com quem veio a casar-se, pouco depois. Casamento feliz, pelo que pude avaliar das macarronadas que comi em sua casa, preparadas pela sogra italiana, nos domingos preguiçosos do subúrbio.

Depois que deixei a *Gazeta*, só o via quando o acaso nos punha no mesmo caminho. Insistia sempre em que eu devia aparecer, Margarida perguntava por mim, precisava ver os dois meninos como estavam crescidos e voltar às macarronadas da sogra, que continuavam excelentes. Nada mudara.

Naquela tarde, Aquiles estava dramático:
— Você sabe como eu me casei apaixonado, há onze anos. Onze anos de felicidade. Deus é testemunha de que fui sempre fiel a Margarida.

O seu rosto brilhava de suor:

— Você é o amigo de que preciso. Seria um desastre se Margarida descobrisse.

Afinal, revelou a que vinha:

— Estou amando uma pequena adorável. É um amor muito puro, compreende?

Suas palavras iam e vinham, voltavam sobre o elogio, afinal chegaram a um objetivo:

— Você tem de me auxiliar. Ainda existe aquele quarto vago no seu apartamento?

— É o meu atélier.

— Está bem, eu sei. Mas compreenda, tenho necessidade de instalar a menina. Tudo está se complicando nestes últimos dias. Depois contarei calmamente a vocês. Agora, preciso de sua generosidade. Pago o aluguel. Garanto que ela é um anjo. Isto não se pode fazer com qualquer um.

Aquiles gesticulava, aproximava-se de mim, afastava-se, dobrava as pernas, diminuindo e aumentando de estatura. Eu ouvia-o perplexo.

— Ando muito apertado agora, não posso sustentá-la num hotel. Vou encaminhá-la no teatro, a pequena tem talento à beça, você há de ver. Você vai acabar gostando dela, ainda vão ser bons amigos.

Quando me telefonou, para saber como entrar à noite, disse que ia chegar lá pelas onze horas. Chegou depois de uma hora da madrugada. Solange, fechada no quarto, não

dava sinal de vida. Só apareceu depois que ele esmurrou a porta, aflito.
— Ah, meu bem, é você? — espreguiçou ela, dando-lhe o rosto a beijar. Estava morta de sono, naquela casa infernal a gente não podia dormir, Deus me livre!
Olhou-me com um sorriso sonolento:
— Isto aqui é um paraíso.
Aquiles abraçou-a pela cintura, orgulhoso, de sorriso largo.
— Vocês são amigos há muito tempo? — perguntou ela, bocejando.
— Você era um garoto quando o conheci... — disse Aquiles.
— E você não era tão gordo.
Solange recompensou minha agressividade beijando-o longamente na boca. Aproveitei o momento para me retirar. Deitei-me e custei a dormir.

Acordei com a bulha de Solange no banheiro. A saída de Aquiles seria ainda, como sempre, retardada por dezenas de beijos esticados entre palavras que eu não distinguia. Gritei-lhe que me esperasse, precisávamos conversar. Vesti-me e fui aguardá-lo junto do elevador.
— Parece incrível, meu velho — disse ele, com um abraço saciado — toda noite venho aqui e não vejo você.
Tive vontade de lhe confessar que me escondia, que sua presença me desagradava. Onde é que estava com a cabeça quando permiti aquela estupidez?

— Solange é uma menina tímida — dizia ele, com a mesma exuberância. Às vezes desconfia que você não goste dela aqui. É uma ingênua, coitadinha. Agora mesmo me perguntou se você não se importa que ela lhe faça o café da manhã. Fico com pena, tão sozinha o dia todo! Infelizmente, não posso dormir aqui. Você conhece Margarida: para ficar até esta hora, já é uma tragédia.

Eu ouvia calado. Remoía minha indignação contra aquele caso ridículo. A presença de Solange me constrangia, me enfurecia. Ela invadira minha casa. As toalhas de banho e a roupa de cama foram divididas. No banheiro, atropelava vidros de loção, pomadas, cremes, escovas de cabelo. Um perfume barato impregnava o apartamento, acabando por lhe comunicar uma atmosfera que não era a minha.

Só Aquiles não percebia minha má vontade. À porta do edifício, propôs com entusiasmo:

— Vamos chamar Solange para ir conosco ao café. Ela vai gostar de conversar com você.

— Está muito tarde — pretextei. Não posso me demorar.

No café, contou-me, desalentado, que Margarida andava na pista de tudo. Seria uma catástrofe.

— Mas se for preciso — afirmou, heroico — vou viver com Solange.

Com a porta do quarto escancarada, Solange estava absorvida por qualquer coisa que não vi bem. Eu queria tomar um banho antes de me deitar. Encontrei a banheira atulhada de roupa lavada. De uma a outra parede, aproveitando o cabide, Solange tinha estendido uma corda, de que pendiam duas calças e uma combinação.

Ao sair, apenas com a toalha passada na cintura, encontrei-a à porta. Sem se preocupar, apontou-me as cartas espalhadas em cima do sofá:

— Estou jogando paciência.

Queria atrair-me ao quarto:

— Você não gosta de pôquer?

— Não sei jogar — menti.

— E outro jogo?

— Já é muito tarde. Daqui a pouco o dia clareia.

— Vou pôr as cartas para ver sua sorte, espere — disse, recolhendo o baralho.

— Não acredito nisso.

— Comigo dá sempre certo. Aposto como adivinho sua vida.

O penhoar desbotado deixava-lhe à mostra uma perna até acima do joelho. Descobria carta por carta, parando a cada uma, como se refletisse.

— Ih, tem uma mulher aqui na sua vida que vai complicar a sua situação.

Abriu um sete de ouros:

— Mas é loura.

Outra carta:

— Você ainda vai ter dinheiro.

Ergueu a cabeça:

— No amor você nunca teve sorte. Não estou acertando?

Tem uma coisa ruim aqui para você, não sei se é doença grave, mas passa logo.
Eu fingia prestar atenção, mas olhava seu corpo, sua perna morena, perdendo-se para dentro do penhoar desleixado.
— Você deve estar achando minha cara horrível, assim sem pintura — disse ela, e me senti denunciado.
— Sem pintura você fica bem.
— É mesmo?
Estava consciente de que eu a observava.
— Aquiles não gosta de mim sem pintura.
O nome do amante me assustou.
— Vocês são muito amigos, não são?
Solange queria falar, não queria saber.
— Deve ser bom a gente ser amigo. Amigo de verdade, assim como vocês dois. Mulher não consegue ser amiga de outra.
Espichou-se na cama, com os braços apoiando a cabeça e riu cheia de intenções:
— Amizade de homem com mulher também não dá certo, você não acha?
Assim deitada de comprido na cama, seu corpo se oferecia, sem segredo. A sua desenvoltura me intimidava. Ajeitei a toalha úmida na cintura.
— Que é que você está pensando?
— Que estou precisando de vários objetos que estão aqui — inventei.
Com o auxílio dela, seu corpo bem junto ao meu, levei para o quarto a mesa de trabalho, a cadeira alta, compassos,

transferidores, as réguas e alguns potes de tinta. Feita a mudança, Solange entrou no banheiro, onde se demorou por muito tempo. Acabei por me deitar e dormi. Sonhei com Aquiles me perseguindo, num acesso de fúria; depois ria às gargalhadas de meu medo. Um pesadelo idiota.

Os vestidos estavam amontoados no espaldar da cadeira. Havia peças de roupa por todo lado, em cima da mesinha uma caixa de pó de arroz entornada e frutas, algumas podres. O retrato colorido de uma artista de cinema — capa de revista — pendia da parede, ocultando antigo desenho meu. O perfume se misturava ao cheiro úmido das frutas.

— Você está reparando na desordem do quarto — disse Solange.

— Absolutamente.

— Lá onde eu morava, era um inferno; não se podia ter nada arranjadinho. Não dá certo essa história de mulher morando com mulher. Mulher é feita para morar com homem. Não é?

— É.

— Por que você não casou?

Eu olhava Solange recostada no sofá, com as pernas cruzadas próximas de mim, sentada junto à mesinha. Um mosquito tresnoitado zumbia em cima das bananas.

— Não casei porque não encontrei marido, sabe? Se o Aquiles não fosse casado...

O silêncio me incomodava. Preferia que ela não se calasse.

— Até os dezessete anos fui muito bobinha. Como toda moça. Por isso mesmo é que abusaram de mim.
— Seu namorado?
— Mais ou menos. Eu gostava de outro. Acho que deixei foi por isso, de desgosto.
— Como é que foi?
— Como todo mundo, ué.
— E depois?
— Depois acostumei. Fui para a casa de uma francesa, bem boazinha.
— Lá que o Aquiles encontrou você?
— Claro que não. Se fosse, não ia ficar comigo. Depois fui morar numa casa de cômodos, com uma colega.

Riu alto, lembrando:
— A gente queria se regenerar, mas os homens davam de cima! Então conheci o Aquiles. Você acha que ele gosta de mim?
— Parece. E você gosta dele?

Solange riu, de boca aberta. Procurava arrancar com a unha um fiapo invisível entre os dentes.
— Gordo daquele jeito, sou boba? Eu não gosto é de ninguém! Só gosto de minha mãe. Estou ajuntando dinheiro para dar um pulo a São Paulo e levar uns presentes para ela.

Pensou um pouco:
— O Aquiles é importante no jornal?
— Mais ou menos, por quê?
— Nada, não.
— Ele hoje não vem?

— Não. Esteve aqui de tarde. Agora está preso em casa. A tal da mulher dele está uma fera.

Solange riu de novo, depois calou-se. Pensei em convidá-la para descer até o café. Ela enfrentou antes minha indecisão:

— Já passa de meia-noite! Amanhã não vai ter café na cama, vou dormir até tarde.

E me empurrou para fora.

Tinha uns desenhos de publicidade atrasados, de uma semana. Devia aproveitar o sábado para trabalhar. Em casa, encontrei Solange estirada na cama, inteiramente à vontade. Entrei assim mesmo, ela nem se moveu:

— Depois não vá dizer que me viu nua. Estou de short.

— Bonito corpo — aventurei.

— Está às ordens — respondeu, de olhos fechados.

Eu a devorava, fingindo-me displicente.

— Está cansada?

— Chateada.

— Hoje preciso trabalhar muito.

— Senta aí.

Sentei-me. O quarto cheirava a fumo, roupa usada e urina. Tinha pouca luz, porque Solange tapara os vidros da janela com uma toalha, para evitar o sol.

— Em que é que você está pensando?

Tomei coragem:

— Em você.

Tinha o corpo bem-feito, a cintura fina, com as pernas cheias, de um moreno que clareava à medida que subia para as ilhargas. Inventei uma pergunta:

— Aquiles vem hoje?

Levantou-se, espreguiçando:

— Sei lá.

Abriu os braços, num gesto largo. Tinha pelos nas axilas e percebeu que eu observava:

— Acha feio? É o Aquiles, meu filho... Me dá uma gilete que vou raspar.

Solange lentamente raspou debaixo de um braço, depois do outro. Seus quadris se moviam, doces, sensuais. Podia olhá-la à vontade, enquanto ela se preocupava em não se ferir. Afinal, atirou a gilete em cima da mesa.

— Desabotoa aqui — deu-me as costas, lisas.

Deixou cair o sutiã no sofá, com absoluta naturalidade. Entrou depois no banheiro. Fui vê-la, deixara a porta aberta.

— Mulher sofre muito, vocês nem calculam.

Com enfado, nua, lavava uns restos de sangue dentro da pia.

Acordei com Aquiles me chamando. Solange não estava e ele não parecia preocupado:

— Deve andar por aí. Há muito tempo que ela saiu?

— Não sei. Há três dias que nem a vejo.

Aquiles sentou-se na minha cama. Estava abatido. A voz

saía-lhe rouca, fatigada. Espichou-se ao meu lado, com uma perna molemente pendida para fora.

— Ando amolado com minha vida. Solange me complica tudo. Acabo não sendo nem dela, nem de Margarida. Já foram me intrigar com minha sogra, você imagine. Tive vontade de confessar, pedir perdão a Margarida e começar vida nova.

Com a cabeça deitada junto de meus pés, não podia ver-lhe o rosto, que eu adivinhava deprimido.

— Já não sou criança para andar me metendo numa encrenca assim. Uma loucura está envenenando minha vida. O diabo é que o amor não vê idade...

O corpo pesado de Aquiles resfolegava junto a mim:

— Não sei o que me liga tão fortemente a Solange. Nunca pensei que chegasse ao ponto a que chegamos. A carne exige, exige cada vez mais...

Aquiles arrastava sua confidência, alongando o silêncio entre uma frase e outra. Fechei os olhos, fatigado.

— Solange é um amor. Vou encaminhá-la no teatro, já lhe disse? Tenho boas relações para isso, ela tem talento. Coitada, vive isolada de tudo. Assim, sofreria muito se eu a abandonasse. Vive para essa paixão. A paixão da carne.

Assoou demoradamente o nariz. Depois, como se retomasse o fio do pensamento:

— Sou doido pelos meus filhos. Margarida também.

Remexeu os bolsos e passou-me o retrato dos meninos. O tom monótono de sua voz me dava sono. Fechei os olhos e ele se calou por uns quinze minutos. Afinal levantou-se com dificuldade:

— Solange não vem mais. Vou-me embora.

Como não respondesse, achou que eu dormia. Pé ante pé, retirou-se. Deixei-o ir. Fui fumar um cigarro na janela. Aquiles esquecera em cima da cama o retrato dos filhos, dois garotos penteadinhos e sorridentes. Não tardou muito, Solange chegava.

— Ficou esperando por você muito tempo.

— Esperasse.

— Saiu zangado.

— Que se dane.

Dilatei a mentira:

— Disse que você certamente andava caçando homem...

Solange cobria o sofá com os lençóis encardidos. Fiquei a olhá-la da porta, calado, vendo-a mover-se depois mais ou menos sem sentido, até que parou, os braços na cintura, em desafio:

— Você vai ficar aí toda a vida?

Começou a despir-se sem se preocupar com minha presença.

— Se está querendo me ver tirar a roupa, pode ver.

De um golpe, arrancou o vestido pela cabeça, depois a combinação, rasgada na barra. Tirou o sutiã, torcendo o braço com esforço em torno do busto, fitou-me séria, imóvel. Puxou a calça até os joelhos, deixando-a cair ao chão e pisou-a com um pé, depois com o outro, atirando-a de lado. Senti que devia avançar. Enlaceia-a com um braço e com a mão em concha envolvi-lhe o seio. Ela escapou, encostando-se em guarda na mesinha. Persegui-a, até agarrá-la com violência. Enquanto eu procurava beijá-la, apanhou de cima da mesa a lâmina gilete e riscou sem piedade meu braço, na extensão de um palmo.

— Cínico! Nunca pensei que fosse capaz disso! Traindo um amigo, canalha!

O sangue me escorria do braço e eu procurava detê-lo, sem dar atenção ao seu repentino acesso de fúria.

— Hipócrita!

Ela desconhecia meu ferimento, estimulada com meu silêncio.

— Vou contar tudo ao Aquiles, para ele saber quem é você, atrevido! O que é que você está pensando que eu sou?

Exasperei-me:

— Pois conte, sua prostituta! Você vai é embora deste apartamento, que isto aqui não é casa de mulher da vida! Você pensa que eu não sei de todas as suas sujeiras?

Solange caiu de bruços no sofá, soluçando. Dei-lhe as costas. No banheiro, lavei o sangue do braço, depois envolvi o talho com um pano molhado. Fui deitar-me com o braço ardendo, mas dormi pesadamente.

Na manhã seguinte, acordei com Solange oferecendo-me o café, na cama:

— Desculpe — disse ela, sorridente, enquanto acendia um cigarro.

Ao telefone, nervoso, mal-humorado, pediu-me que o fosse encontrar naquele mesmo dia. Só podia falar pessoalmente. Solange teria contado? Era capaz de tudo.

Encontrei-o mais tumultuoso do que de costume:

— Olhe, a intriga é uma coisa terrível — começou Aquiles.

Teria acreditado no que ela dissera? Eu saberia me defender: Solange recebia estranhos durante o dia, por dinheiro. O porteiro me disse que vários moradores tinham reclamado. Não passava de uma prostituta, que eu, idiota, tolerava no meu apartamento...

— Você se lembra daquela intriga que fizeram com minha sogra? — continuou Aquiles.

O susto me impedia de lhe dar toda a atenção que desejava.

— Descobriram tudo. E agora? Nem sei se lhe falo... Agi na melhor das intenções!

Seu tom desalentado me desagradava, mas eu já estava tranquilo: nada tinha a ver com a sua história.

— Disse a Margarida que é você o amante de Solange.

A revelação não me tocou.

— Expliquei que se trata de uma atriz nova e que você está desenhando um cenário para a peça de estreia. Eu ia ao seu apartamento para ver o trabalho. Você queria sugestões, afinal eu também me interesso pelo teatro.

O cabelo desgrenhado, Aquiles forçava a máscara do sofrimento:

— Agora minha vida depende de você. Está vendo minhas olheiras? Nem imagine como passei esta noite! Você vai provar se é ou não meu amigo. Falei antes com Solange, ela entendeu tudo. Não lhe disse? É um anjo.

Estendia-se em explicações, entrava em detalhes:

— Você continuará com Solange. Margarida é boa alma: está certa que vocês são amantes. Expliquei-lhe tudo, a sua solidão, a sua necessidade de ligar-se a alguém. Você é um artista; Solange, uma atriz. Ela tem talento. Margarida ficou com pena, coitada.

Aos poucos, foi perdendo o receio com que me abordara. Apertava-me o braço, falava com decisão:

— Não posso sacrificar minha vida, compreende? Gostei muito de Solange, você também vai gostar. É uma pequena de primeira ordem. E tem a vantagem de já estar morando no seu apartamento...

Interrogava-me agora com os olhos, com as sobrancelhas, com a boca, com a cara suada:

— Concorda?

Eu prolongava a sua angústia:

— Solange concordou?

— Juro que sim, você verá agorinha mesmo.

Lembrei-me de Solange, esquivando-se ao meu desejo.

— Olha, Aquiles — disse, devagar — essas coisas nunca dão certo.

— Tenho certeza que vai dar certo. Por favor, não me abandone. Já disse lá em casa até que você vai casar com Solange. E agora, meu Deus?

— Você foi muito longe.

— Por favor, me compreenda. Solange é uma boa companheira. Domingo que vem vocês vão almoçar lá em casa, está bem? Vão comer a macarronada dos velhos tempos. Só assim Margarida vai acreditar em tudo que eu disse. Ela quer ver vocês. Você não é capaz de fazer isso por Margarida?

— Concordo provisoriamente.

Aquiles escancarou o rosto numa alegria infantil. Enchia-me as costas de palmadas efusivas, agradecido. Nem sabia o que dizer:

— Sim, sim. Eu sei, eu compreendo. A macarronada dos velhos tempos. Provisoriamente, está bem, compreendo. No fundo, a gente gosta é mesmo da própria mulher. Solange é boa companheira, excelente companheira. Provisoriamente, está bem. Está muito bem!

Quis afastá-lo da calçada onde nos encontrávamos, mas ele resistiu:

— Temos de ir até o café. Solange está nos esperando. Esperando você.

Pessoas que passavam por nós olhavam, curiosas, a agitação de Aquiles. Caminhamos até a ponta do quarteirão:

— Naquele edifício, está vendo? Adiante do carro vermelho, no café. Não vou com você, bem, seria desagradável. Domingo nos veremos, lá em casa. É a prova dos nove de Margarida!

Desordenado, cheio de gestos inúteis, Aquiles desapareceu na avenida. Permaneci um minuto abstrato, perplexo. A vida caminhava mais depressa. Dezenas de pessoas, homens e mulheres, passavam por mim, cada qual com o seu destino.

Num ímpeto, fui direto ao café. A cabeça encostada à parede, as pernas cruzadas e o vestido estampado muito curto, Solange retocava a maquilagem. Vendo-me, sorriu, o mesmo sorriso cínico, mas com doçura.

Terêncio e o mar

Parecia incapaz de ficar deitado ao sol, como todos estavam deitados ao sol. A consciência de seu desejo o limitava: não pensar em nada, o corpo esticado na areia, um braço atravessado na testa para defender os olhos contra a claridade. Havia muita gente na praia. Os grupos se espalhavam pelas barracas coloridas, alguns banhistas atiravam-se n'água, outros, aos gritos de desafio, jogavam peteca.

Terêncio escolhera um recanto mais calmo. Ninguém o olhava, como se ali estivesse todos os dias, desde sempre. Era bom não ser observado. A alguns metros dele, um grupo de rapazes e moças falava alto, o mar ecoando encaracolava as vozes e os risos e todo o alarido, todos os sons da manhã se confundiam naquele canto mais poderoso, surdo e natural.

Fechou os olhos, entorpecido, e ficou adivinhando, num princípio de vertigem, a vastidão do mar e do céu. Queria extinguir-se, dissolver-se como todo mundo, estar apenas na praia.

Fingia com o mar uma intimidade que não tinha.

Mas o ruído das ondas quebrando-se pouco além de seus

pés não bastava para apagar a realidade de seu mundo. No interior, a vida era bem diferente. Que escândalo, aqueles corpos rijos, nus! A areia estava cheia de bichinhos, que lhe picavam a pele. O sol queimava com carícia. Terêncio caminhou até o mar com preguiça, os pés mornos na espuma fria. Muitos banhistas já se tinham retirado. Voltou preguiçosamente a sentar-se. Depois, ao desdobrar a perna dormente sobre a qual se apoiava, viu mergulhar na água azul um corpo de mulher. O maiô claro parecia não existir, ao reflexo do sol nas ondas. Ela ajeitava a toca na cabeça, de braços erguidos. O gesto frágil se confundia com a paisagem, o mar ondulando de leve contra o azul sereno do céu. Depois ela veio saindo, num passo frouxo. O maiô molhado deixava à mostra, nos quadris e no busto, uma linha branca, em contraste com a pele queimada. "Fotografia de revista", pensou Terêncio, sorrindo ao lembrar-se, de novo, da vida no interior. Pensou no recato das mulheres que conhecia, sem aquela saúde, aquela forma, aquela naturalidade. Terêncio devorava-lhe os menores gestos, moles, sensuais, enquanto ela se instalava pouco adiante. Primeiro, de pé, ela estirou o busto para frente e abriu os braços, num frêmito de pássaro. Desdobrou em seguida uma toalha no ar e abriu-a na areia, curvando-se de costas para Terêncio. Um corpo a bem dizer despido. Veio-lhe um desejo obscuro, sentia palpitar o corpo tão jovem e tão belo daquela mulher desconhecida, que nunca mais certamente voltaria a ver.

Terêncio espichou as pernas de comprido e se sentiu pequenino, perdido na imensa faixa de areia, ignorado, numa tontura que vinha da percepção da natureza, do mar, do sol, do vento, da maresia, do corpo livre. Um surdo protesto se levantava de sua alma, submersa no fundo de outros tempos, outras circunstâncias. O ímpeto se consumia num sentimento lasso, quente, que o triturava. Não podia afastar os olhos do corpo jovem, quem sabe virgem, e imaginava tocá-lo, os pelos molhados de mar e ásperos de areia. O vento trazia-lhe um cheiro carregado de carne, de sangue, de natureza. Apertou as unhas no peito, parou, hesitante, a mão sobre o ventre... Inventava ao seu alcance os seios inocentes, orvalhados de mar, emergindo de um território moreno, delicado e vigoroso país de carícias. Comprimiu as pernas nervosas contra a areia, precisava de contatos. O vento que lambia o corpo dela entrava por seus pulmões, acelerava o ritmo de seu sangue.

Não entendia nada, nada. A consciência do irremediável o tornava mais inseguro. Precisava dizer que não, protestar, proceder como homem, mas tudo acontecia num espaço trágico de fatalidade que o amarrava ao silêncio e à vergonha.

Pouco antes, vira, sim, quando passava o Americano, camisa na mão, bem na orla do mar. Pouco depois, o tipo surgia diante dele, viu-lhe primeiro as pernas, e mal levantou os olhos tímidos para a interpelação:

— O senhor quer que eu chame o guarda?

Falava com sotaque estrangeiro, um rapaz alto, de calção colorido, o corpo esbranquiçado perto dos outros corpos queimados de sol. Terêncio ouviu bem a pergunta, coçou-se, perturbado, e não a entendeu. O Americano o olhava, implacável. O Americano não ia embora.

— É uma coisa muito feia.

Terêncio sentou-se, pequenino, patético, diante daquele gigante de calção colorido, as duas pernas — duas colunas — altas e brancas, numa atitude de condenação fria. Falava com sotaque e parecia ofendido pessoalmente. Vinha disposto a ir mais longe na censura, certamente esperava alguma reação de Terêncio.

— O que é que eu estou fazendo? — perguntou ele, mais para si mesmo, a voz trêmula.

O Americano não se retirava:

— O senhor quer que eu chame o guarda?

Terêncio viu chegar mais um par de pernas, depois outras e outras, magras, gordas, peludas, roliças. Pernas femininas se destacavam, delicadas.

— O que foi? — perguntou um calvo, de ventre amolecido.

O Americano respondeu em voz baixa, fanhoso, neutro. Estava falando de Terêncio. Terêncio precisava tomar uma atitude, defender-se, exaltar-se.

— O senhor não tem vergonha? — disse o calvo, ríspido, sentindo-se aprovado por todos.

Dois rapazes soltaram uma gargalhada esportiva; tinham acabado de interromper o jogo de peteca, atraídos pelo grupo que se juntava.

— Um homem dessa idade!

Viam um homem, e era apenas um adolescente desprotegido, próximo de lágrimas assustadas.
— Quem pode garantir?
— O Americano viu tudo.
— Olha a cara dele: a cara está contando!
Os que chegavam abriam passagem entre os que já estavam. Um grupo de moças afastou-se, com um riso abafado. O Americano permanecia à frente de todos, rígido, dono do acontecimento.
— Afogado?
Muitos não sabiam do que se tratava.
— Morreu?
Terêncio baixou os olhos, fixos, sobre seus pés. Sentia-se ausente de si mesmo. Das costas das mãos brotava-lhe um suor abundante.
— Chama o guarda.
— Larga o vício, velhinho! — gritou um rapaz.
Todos riram, excitados. Um outro se aproximou e vibrou-lhe um chute nas costas. Terêncio sentiu doer alguma parte de seu corpo.
— Violência, não — ponderou o calvo, auxiliando a manutenção da ordem.
— Vou chamar o guarda — disse o Americano, seguro.
Os rostos alegres, divertidos. O vento passava entre as pernas retesadas e soprava na cara de Terêncio um hálito grosso, empapado, que lhe aumentava o mal-estar. Passou a mão pela testa, suja de areia, de suor. As ondas chegavam, às vezes,

mais próximas, ecoavam mais alto, desapareciam. O calvo, vigilante, aguardava a chegada do representante da lei.

— Que falta de pudor — comentou uma banhista.

— Lá vem o guarda — anunciou uma voz.

— A polícia — confirmou outra.

Um rapaz cuspiu-lhe nas costas, com desprezo:

— Deixem o pobre-diabo ir embora.

Outros imitaram o gesto e, com a ponta dos pés, atiravam-lhe punhados de areia.

— Não façam isso — disse Terêncio, levantando-se.

— Lincha!

— Sou um pai de família!

Não tinha mais consciência do que dizia.

— Chorar não vale! — berrou um atleta.

O Americano chegou com o guarda e acalmou a pequena multidão, que silenciou, por um momento.

— Qual é?

— É este aqui.

O Americano agarrou-lhe o braço com vigor.

— Foi flagrante — advertiu o calvo, oferecendo-se como testemunha.

— O que é que eu fiz? — perguntou Terêncio, acovardado.

— Vamos explicar isso no Distrito — disse o guarda, de cara encardida.

O diálogo provocou novos risos. Aos empurrões, o grupo começou a dispersar-se. Por toda parte surgiam os comentários de aprovação, de surpresa, ou de náusea. O guarda abria caminho, Terêncio protegia o rosto contra as cuspidas e os golpes, vindos de todas as direções.

— Ordem, ordem! — gritava o Americano.

O guarda, desembaraçando o cassetete, ameaçava os mais ousados. Pouco adiante, vibrou um golpe nas costas de Terêncio. Uma senhora, que acabava de chegar, fez uma careta de nojo.

O sol, alto agora, reverberava em minúsculos grãos de areia. O estrondo do mar subia mais forte, a maré enchia. A vaia se misturava ao rumor das ondas, que molhavam as pernas de alguns banhistas.

No posto de salvamento, hasteava-se uma bandeirinha vermelha.

Dois passeios de Raquel

Virou o braço para ver as horas e só então tomou consciência das mãos dadas. "Deixa estar que é bem engraçado; ainda agora nem sabia quem era este moço", pensou ela, levantando os olhos do relógio para o rosto dele, muito próximo, num sorriso líquido. Ele — bom rapaz — nada lhe exigia. Outros, muitos, eram tão diferentes!

Voltou a sondar as nuvens. Pelo jeito denso e escuro, possivelmente ia chover. Ela descobria, nas nuvens que o vento soprava, caras de gente, figuras de bichos. Não se enxergava mais a cidade, embaixo. Da praia, subia, a espaços, o estrondo do mar.

— Olha! — disse ela, apertando-lhe a mão. É um cachorro direitinho, está vendo?

O vento empurrava o cachorro para a nuvem-cara-de-mulher, depois desmanchava o jogo. Ele ficou olhando embevecido, mas não via. Cumprido o dever, recostou-se de novo na cadeira de ferro, puxando-lhe a mão para o colo. Entrelaçaram os dedos. Raquel inclinou-se sobre o corpo dele e jogou a cabeça no seu ombro. Sentia-se protegida. Tinha vontade de virar o rosto para cima e, bem junto de sua cara, juntinho de sua boca, respirando-lhe o hálito, dizer com ternura:

— Você é meu namorado.

Mas não dizia. Podia dar a impressão que mais detestava. Lembrou-se do ar profissional das companheiras, que ela evitava, preferindo sair sozinha. Um caso como aquele trazia-lhe um sobressalto que era bom de sentir. No entanto, tinha sido como tantos outros.

Ele a seguira um pouco pela rua, ela se deixava seguir. Quando dobrou a esquina, alcançou-a. Não parecia um homem experimentado, ou será que ela não dava muito na vista?

— Onde é que você vai?

Ela parou e não respondeu.

— Está andando à toa?

Raquel saía do cinema e estava triste, por causa do filme. Olhou-o, entediada.

— Como é seu nome?

Ele perguntava por timidez, confuso diante do silêncio de Raquel.

— Raquel — disse ela, e continuou a andar.

— Bonito nome.

Pararam de novo na praça. Ele voltou às perguntas.

— Você está amolada?

— Estou aborrecida com todo mundo.

— Eu não sou todo mundo...

Ela olhou-o de frente, riu de sua perturbação.

— Aonde? — perguntou ela, disposta.

Aí é que veio a surpresa:

— Vamos fazer um passeio onde você quiser.

Ela quis o Pão de Açúcar. E ali estavam, calados sob a ameaça da chuva, ele bebendo muito, ela, pouco. Lembrou-se de que não sabia ainda o seu nome, incrível! Só mesmo mulheres assim se esqueceriam de perguntar o nome do companheiro... Voltou o rosto para a cara dele e viu-a de baixo para cima:

— Como é seu nome? — perguntou, com a voz gargarejando.

— Está aqui.

Apontou a placa dourada, no pulso. Raquel puxou-lhe a mão e, para ler, afastou-se um pouco.

— Teodoro?

— Pode rir, é horrível.

— Até que é original — disse, desconfiando que estava sendo vulgar.

— Todo mundo me chama de Téo.

Teodoro se ajeitou na cadeira incômoda e cruzou as pernas, espremidas contra a mesinha de ferro. Inspecionou em torno, buscando o garçom.

— Vai beber de novo?

As nuvens eram impelidas agora com mais força. De um lado, havia ainda uns restos de céu azul. O bondinho transportava mais uma leva de gente que o mau tempo espantava. No domingo, o ambiente ali devia ser diferente, com o burburinho dos turistas e visitantes, tudo mais agitado. Como da primeira vez que ali estivera, há tanto tempo!

* * *

Na capa do caderno escolar havia a fotografia do Pão de Açúcar. Dos conhecidos, apenas dois meninos tinham feito a viagem dominical, rodeada de prestígio aos olhos dos que nunca saíam do subúrbio. Foi ela que insistiu com a avó? Não se lembra. Naquele dia, os irmãos menores, alvoroçados, levantaram-se mais cedo, assistiram inquietos à missa e almoçaram antes da hora. No momento de sair — o sol queimando as árvores imóveis — a avó já estava exausta, impaciente. Ralhava por um nada, gritava. Até a Estrada de Ferro, permaneceram mais ou menos bem-comportados. O olhar severo da avó recordava o compromisso da boa conduta, assumido solenemente em casa. O Pão de Açúcar valia qualquer sacrifício.

No ônibus para a Urca (um ônibus verde, tão engraçado), Elói e Magali não puderam mais se conter. Ela era a mais velha, onze anos, mas, como os irmãos, ignorava tudo, até o mar, que talvez nunca tivesse visto.

— Raquel!

Ficava rubra de vergonha quando Magali gritava seu nome, para apontar um automóvel, ou uma casa. Sentada junto de Elói, atrás da avó e da irmã, sentia-se vigiada pelo olhar preguiçoso de um senhor de bigodes, que viajava sozinho. A avó zangava com o menino, apertava Magali no banco, obrigando-a a sentar-se.

— Olha, Elói, a praia do Flamengo! — exclamava a menina, soletrando a placa do edifício em frente à parada do ônibus.

Tinha perguntas bobas:

— O mar ainda está longe, está?

Elói ia mais calmo, a boca aberta e os olhos devorando. Magali — o vestidinho de passeio muito curto, as duas fitas, uma de cada lado, amarrando o cabelo de um louro desbotado — Magali figurava:

— Eu já estou no bondinho, Raquel!

Às vezes, Elói também se animava:

— Eu já estou no mar, Gali! A onda está me levando!

A avó ameaçava: nunca mais sairia a passeio. Raquel, tímida, nem se mexia, para conter os irmãos. Uma tristeza velada suavizava os traços de seu rosto, onde o nariz grosso e os lábios entumecidos anunciavam a adolescência irrompida. Os seios mal lhe apontavam debaixo do vestido vermelho de pintas brancas, com a cintura incomodando, de tão alta. Foi a última vez que saiu com a avó e os irmãos. Tudo, depois, passou rápido, a infância ficou para trás, num mundo distante, esquecido.

— Você vem sempre aqui?

Teodoro falava pouco. Bateu lentamente o cigarro nas costas da mão, lentamente o acendeu.

— Pensei que você fosse americano...

O vento sujo, abafado, soprava nos seus cabelos.

— Pareço?

Perturbava-se quando ela o encarava e procedia como se não tivesse certeza do que era Raquel. Haviam de rir-se, as outras: um tipo grandalhão, engravatado...

— Vai beber mais?

Talvez ficasse bêbedo e seria bruto, estúpido. Não gostava de homens bêbados.

— Eu também quero. Um martíni.

Acariciou-lhe a mão áspera, quando o garçom se afastou. Agora estavam sozinhos.

— Você vai continuar comigo?

Arrependeu-se da pergunta. Estava ficando tímida. O melhor era ir ficando, não pensar no que seria. Depois ia embora, nunca mais o via — e vinha outro.

Tinha uma voz poderosa e falava sem vontade:

— Primeira vez que venho aqui, e você?

— Segunda.

Teodoro sorriu, malicioso:

— A primeira foi com outro homem?

As nuvens não deixavam ver mais nada. Pensou na avó, nos irmãos. Podia dizer: Téo, e falar daquele tempo, da menina de onze anos, do vestido vermelho com pintas brancas.

— Foi — respondeu, decepcionada.

— Tinha um nome tão feio como eu?

— Elói.

Raquel ficou pensando no irmão. Não se parecia em nada com aquele, com Teodoro. Mas era homem, como todo homem. Bebeu o resto do martíni no cálice e ia aconchegar--se nele, quando uma cortina de chuva caiu sobre a mesa.

Os pingos grossos desprendiam do chão um cheiro quente de terra. Levantaram-se correndo, derrubando uma cadeira. Com o braço passado na cintura de Teodoro, Raquel tinha o rosto molhado e ria do imprevisto da chuva. De longe, dir-se-ia que ela chorava.

Posfácio
Clara de Andrade Alvim
O LADO HUMANO NOS PRIMEIROS CONTOS DE OTTO

> Nosso Senhor olhou o céu, suspirou e molhou o dedo na própria saliva, quando lhe levaram o surdo-mudo galileu. É uma coisa que me faz bem, saber que Jesus suspirou. Gosto desse suspiro antes da cura milagrosa. Milagrosa, mas que exige o elemento humano da saliva.
>
> **Otto Lara Resende,**
> *O braço direito*

O livro de estreia de Otto Lara Resende deu início ao costume do autor de repensar e amadurecer suas obras até o momento, para ele sempre difícil, de considerá-las prontas para a publicação.

É fácil perceber, quase sempre nesses contos — e o primeiro deles é o exemplo mais evidente —, a intenção do autor de captar enxutamente episódios triviais da gente comum do meio urbano, em que se revelam comportamentos falhos, tortuosos, preconceituosos e, às vezes ao contrário, muito virtuosos — o lado humano.

Depois deste primeiro volume, Otto abandona o cenário urbano e encontra seus personagens e suas histórias em pequenas cidades ou povoados do interior; não é abandonado, entretanto, por aquela luta obsessiva pela melhor expressão, já visível neste primeiro livro.

A par da qualidade intrínseca de O lado humano, em que a percepção crítica de Rachel de Queiroz reconheceu através da brandura de sua linguagem "uma dureza, certa crueldade mal encoberta", muito de sua importância reside no fato de que aí já se propõe o universo das questões com que vai lidar a obra futura do escritor.

Sem se descuidar do difícil equilíbrio das características apontadas por Rachel e desenvolvendo o seu domínio no tratamento e aprofundamento de questões que antes são somente sugeridas, Otto as retoma nos livros que rescrevia incessantemente até as vésperas de sua morte, a começar pela que dá título ao primeiro.

O alcance desse esforço será plenamente atingido em obras de originalidade e interesse excepcionais, com lugar específico na história da literatura brasileira, como é o caso de Boca do Inferno, de seus melhores contos, como "Gato, gato, gato", do livro O elo partido e outras histórias, e do extraordinário romance O braço direito. Neste, lembremos, a escrita obsessiva é questão central.

A recente reedição da obra de Otto Lara Resende ressoa

como a vitória de um de seus dois lados: o do escritor sobre o do conversador cujo convívio atraía pela graça e inteligência. Essa divisão permaneceu durante muito tempo com a vitória do segundo lado sobre o primeiro.

Hoje, ainda que seus contemporâneos guardem a saudade e a lembrança do prestígio das frases e da fama da conversa de Otto, esse brilho vai deixando de encobrir o grande escritor, autor de autênticas obras-primas.

OS CONTOS

O primeiro, e que dá nome ao livro — "O lado humano" — é todo construído através do diálogo: curto, preciso, como uma notação que capta instantaneamente o progresso gradual da relação entre os personagens. As poucas intervenções da voz do narrador são igualmente concisas e, assim como os diálogos e o vocabulário, revelam familiaridade, por parte do autor, com os meandros formais do ambiente forense, repartições públicas e também com os episódios que ali ocorrem.

Trata-se do intenso e minucioso embate entre duas forças — a do postulante, e a do funcionário-chefe da repartição, cioso na defesa dos trâmites legais. Argumentos e comportamentos são esgrimidos. De uma parte, vulgaridade, malandragem, insistência e agrados. De outra, distinção, impessoalidade, distanciamento e resistência.

O postulante usa de dois trunfos para obter vantagem: argumenta com o primeiro, o do "lado humano — o que fica sempre de fora do processo" — seu filho doente. Seu contendor permanece impassível.

O segundo trunfo é concreto: o postulante introduz a mulher.

A conclusão do conto é lacônica. O narrador, enquanto indica, com certa melancolia, o que se passa e o que vai se passar, como que anuncia distanciadamente que os acontecimentos iriam, daí por diante, se desenrolar por moto próprio.

Ironicamente, nesse momento, o lado humano diz respeito à atitude moral do narrador — o chefe da repartição: a integridade do funcionário público, inabalável ante elogios, amabilidades e até uma possível sugestão de suborno, vê-se súbita e inapelavelmente alterada pelos encantos da mulher. Trata-se da falência da vontade, da moralidade ou, simplesmente, da capacidade do homem de resistir à tentação.

Creio não ser excessivo apontar aqui uma discreta consequência da condição de católico praticante de Otto que, mais adiante e na medida em que o escritor foi se tornando cada vez mais senhor de seu universo de ficção, reaparece como vestígio, no inconsciente dos personagens.

Nesse conto e em "O calcanhar de Aquiles", ceder à tentação — representada por uma mulher — corresponde a uma fraqueza, a uma derrota que diminui e humilha. Em *O braço direito*, a questão aparece como invertida: o problema é resistir. E é tanta a intensidade dessa luta que a imagem da mulher, de tão negada ("eu saía para fugir de seu olhar"), só aparece em retalho — o pé de Silvana — nos sonhos de Laurindo.

Se, como indicamos anteriormente, o conto "O lado

humano" constitui-se, até certo ponto, em um exercício de realismo, de domínio do escritor sobre seu assunto e sobre a técnica da narrativa, noutra dimensão, ele também consiste em uma espécie de fábula, que contém, é claro, uma moral. Com ironia implícita, na expressão que tomamos emprestada a Antonio Candido.

Entre outros muitos exemplos dessa, digamos, forma de expressão que se repete, significativamente, noutros escritos do autor, encontram-se "O calcanhar de Aquiles", de que falaremos adiante e o conto-novela "A cilada", publicado mais tarde, entre as outras histórias do livro As pompas do mundo.

Cito uma observação de Ana Miranda, que colaborou com o autor na incessante revisão de O braço direito e que, depois da morte de Otto, organizou e prefaciou o livro O príncipe e o sabiá, em que o escritor traça, com o interesse que caracteriza seus trabalhos jornalísticos, os perfis de escritores, políticos e personalidades que conheceu. Diz Ana, no prefácio, que a intensidade da vida de jornal o aproximou do cotidiano, ampliou o seu conhecimento do mundo e da natureza humana.

Essa intimidade com o real constitui muito da matéria de que são feitos os contos deste livro e, com maior intensidade, está na base de "O lado humano" e de "O calcanhar de Aquiles". Ambos são narrados na primeira pessoa; neste, mais extenso que o conto anterior, também são, fundamentalmente, as falas — seguidas de observações curtas e precisas do narrador — que dão conta da caracterização dos personagens e do desenvolvimento da questão fulcral: a mesma de "O lado humano", numa história diversa, passada em um ambiente completamente diferente.

Pouco a pouco oprimido pela insistência de seu velho amigo e colega de trabalho, o narrador vai se deixando envolver pelos encantos da moça bonita que, ao mesmo tempo, considera vulgar. Finalmente, cede à tentação e, quase inocente, acaba castigado ao ter que assumir a amante e as responsabilidades do amigo, malandro, que se sai airosamente das agruras em que se metera.

O pecado e o castigo, mas através do surgimento, ainda tímido, de uma espécie de casamento entre realismo e moralismo irônico, que vai atingir o seu clímax na literatura de Nelson Rodrigues.

"Das Dores". Pode-se pensar nesse conto como uma inversão complexa do conto de fadas de Chapeuzinho Vermelho.

A personagem feminina é encantadora: bonita, atrevida, reta e inteligente. De cara, reconhece e desvela com naturalidade o estado civil — casado — do Don Juan que a corteja na loja em que trabalha. Lúcida, não se deixa enganar, tampouco, quanto às circunstâncias e consequências que envolvem as relações entre casais de distantes condições econômicas e sociais.

Aceitas as investidas, o namoro se trava, ardente por parte de Lourenço e inquieto por parte de Sônia, que vai revelando uma vida doméstica turbulenta e dramática. Cabe notar que os meios de transporte que usam para percorrer as distâncias geográficas entre seus lugares de origem permanecem os mesmos, do começo ao fim da história: ela anda de trem, ele, de carro.

Nesse conto, sem ser nomeado, parece-me que o lado humano é percebido paulatinamente pelo pretenso sedutor (afinal, é ele que é seduzido): a par do desejo irrefreável que a moça lhe provocava e da bazófia com que aponta a suposta conquista para os colegas de trabalho, aos poucos lhe sobrevêm sucessivos sentimentos de ternura, piedade, comoção e de susto diante de uma quase percepção da crueldade da vida, em geral, e da vida da mocinha pobre do subúrbio carioca.

Caberia aqui, entretanto, apontar certa ingenuidade que perpassa muitas das histórias desse primeiro livro de ficção do escritor e que se deixa mais abertamente entrever neste conto, quando o personagem-narrador comenta, embora sem atribuir importância ao caso, que o verdadeiro nome de Sônia era Das Dores.

Somando-se a este e a outros mais, os contos "O casto Redelvim" e "Dois passeios de Raquel" confirmam um traço importante na obra do autor: a simpatia pelos mais fracos (nem por isso menos valentes) e, por conseguinte, pelas moças que se veem impelidas à prostituição e guardam a pureza e a espontaneidade que seriam próprias da juventude.

O primeiro narra o hiato de felicidade na vida de um casal diferente, que se constrói casta e gentilmente durante o tempo permitido entre os limites do trabalho de Redelvim (provavelmente velho, feio e homossexual), na repartição, e o da jovem e linda Daisy, no dancing noturno.

No outro conto, o dos dois passeios de Raquel, a moça, também prostituta, se esforça por impedir, sem malícia, que o rapaz que a acompanhava ou — o que era mais importante — ela mesma pudessem reconhecer, em qualquer de suas atitudes, algum trejeito profissional.

São cenas citadinas, em que a câmera do autor — deixando de se deter em outras do panorama — escolhe e se fixa em um episódio ou um personagem, aproxima-se e o acompanha com certa comoção.

"O morto insepulto" começa com um sonho. Aqui, o predomínio do realismo na maioria das histórias narradas nesse primeiro livro de contos de Otto Lara Resende é perturbado através das intromissões de uma atmosfera surrealista.

Se fizermos uma reflexão sobre os sonhos e fantasias que se entocam no subconsciente do personagem-narrador neste conto e no da obra-mestra do autor — O braço direito —, constatamos que, significativamente, aludem a figuras que se doam ao sacrifício integral, como Jó e o próprio Cristo.

No romance, em uma rara rememoração de seu passado, o narrador, inspetor de órfãos do Asilo da Misericórdia, registra em seu caderno um episódio da infância: em tempos do

Advento, em vez das palhas e delicadas penas de beija-flor com que os outros meninos vinham, cada dia, enfeitando o presépio armado por sua mãe, ele catava espinhos para se machucar e buscava meios de sofrer e se exercitar em inúmeros sacrifícios. Preferia, assim, não festejar o Natal, mas reencenar a Paixão.

O sonho de Josias, no conto, também se passa em um ambiente de sua infância, em Ouro Preto, na praça que reconhecemos como aquela onde ficou exposta a cabeça de Tiradentes. No lugar do monumento ao mártir da Inconfidência, o sonho faz balançar ao vento uma palmeira, em cuja direção o sonhador é empurrado por um carrasco, e sua cabeça, golpeada pela nuca, rola nas pedras do calçamento. A identificação com o sacrifício do herói é evidente.

Acordado, Josias penetra na atmosfera real de sua via crucis: o cotidiano pobre, aflitivo, de funcionário sempre atrasado e humilhado pelo chefe. É, então, visitado pelo inusitado: dá com seu nome no jornal, figurando na lista de óbitos do dia.

Constatamos, assim, nesse conto — a nosso ver, excessivamente intrincado pelas suas múltiplas e diversas intenções — a procura de entrar em consonância com as tendências de experimentação da literatura contemporânea do autor, nos campos do cinema e da psicanálise. Reflexo, sem dúvida, dessa complexa influência, é a perambulação sem rumo do personagem pela cidade, percorrendo, como numa fuga, o cotidiano carioca das camadas mais pobres, indicado através de notações surrealistas e seus elementos plásticos. Josias parece estar perseguido por um indiscriminado sentimento de culpa.

Entretanto, ao longo da narrativa, fica, também, claro o propósito crítico do autor, permitindo uma dupla leitura da realidade de que trata: de tão absurda — na verdade — surreal. E deixando ao leitor o possível entendimento de que sua caracterização da inutilidade dos descaminhos burocráticos em que se embaraça o personagem consiste em uma forma de desmascarar essa manifestação de poder.

Os contos "A pedrada" e "Terêncio e o mar" tratam de maneira completamente diversa uma certa visão de mundo presente em outras histórias do autor como, por exemplo, "A cilada", do livro As pompas do mundo, e no seu extraordinário romance, O braço direito.

Refiro-me a um sentimento da tragédia no mundo e à percepção do trágico no humano; à reiteração em alguns dos escritos de Otto Lara Resende de uma sugestão de destino ou razão maior que sobredetermina os acontecimentos ou os procedimentos, independentemente do intuito que os rege.

Mas, como sentimos em "A pedrada", trata-se de uma sugestão que coexiste com outras, enraizadas no âmbito social.

De fato, a que responde a má ação da garota que incita os companheiros a xingar de veado e a ferir com pedradas o mendigo ou "vagabundo" que não faz senão se esquivar? Seria o preconceito solto na sociedade e encarnado no braço da menina que comanda, com furor, o ataque? Ou também vingança inconsciente e absurda contra suas próprias condições de vida?

Diz Laurindo Flores, o inspetor de órfãos em *O braço direito*: "Sem um olhar sobrenatural, não dá para entender a existência de tantos destinos rotos e absurdos". E, noutro trecho do mesmo livro, sempre sobre os órfãos do Asilo da Misericórdia: "Não perdoam o destino que os maltrata desde o berço, ou desde a concepção".

A ação involuntária no sentido de seu alcance — portanto menor do que suas consequências, como é o caso do revide da pedrada atirada pelo "homem" — provoca o resultado infeliz e desproporcional da morte do garoto Quincas (ou de seu grave desmaio percebido como morte por Juca). Abre-se aqui a sugestão de uma força maior — da fatalidade — que, de repente, transforma uma cena comum de desordem urbana em tragédia. Uma razão desnaturada dá lugar ao resultado revoltante da morte de Quincas e da atribuição da culpa ao homem que fizera o possível para evitar o confronto.

Quincas é o amigo protegido da líder selvagem e agressiva da turma de meninos que atirava as pedradas e que, não por acaso, é chamada Juca. A morte, ou o que é pensado como tal, do amigo menor, além do desespero, dá entrada na consciência de Juca ao horror da compreensão de sua responsabilidade no acontecimento.

Juca reage ao sentimento de culpa com raiva, volta a xingar o homem e agride, cegamente, com outra pedrada, o poste — psicanaliticamente, talvez, sua própria representação.

"A pedrada" prenuncia as histórias de *Boca do Inferno*, o próximo volume de contos de Otto, publicado originalmente em 1957, cinco anos depois de *O lado humano*. O livro, que provocou uma reação tremendamente adversa por parte da maioria dos críticos e dos leitores, discorre sobre a crueldade das crianças. Os meninos de Boca do Inferno, entretanto, vão além da violência de Juca, que ainda guarda sentimentos de que os outros são completamente destituídos.

No trabalho admirável de pesquisa e interpretação que Augusto Massi elaborou para o posfácio da última edição de Boca do Inferno, em que esquadrinha os contos em questão, a obra de Otto Lara Resende, a biografia do autor e sua fortuna crítica, recolhemos a observação que nos parece estar em consonância com essas ideias: "O realismo de Otto nos empurra rumo às fronteiras da tragédia, relato infernal da infância".

Falar de realismo lírico não seria inadequado em se tratando da descrição de certos momentos nas histórias de Otto Lara Resende passadas no Rio de Janeiro dos anos 1950.

Nos "Dois passeios de Raquel", quando o rapaz lhe faz o convite, a resposta da moça — "Ela quis o Pão de Açúcar" — é um poema que se completa pelo bondinho, levando os dois, no fim de tarde carioca. Esse passeio lembra a alegria do outro mais antigo, de quando Raquel era criança, em demanda do mesmo Pão de Açúcar.

Em "Terêncio e o mar", sente-se, igualmente, uma intensa empatia com as impressões que o rapaz recém-chegado do interior, deliciado, vai experimentando: do litoral, da aparição da moça, do maiô no corpo molhado e do mar no fim da manhã, numa praia do Rio, que poderia ser a do Arpoador.

E é sobre esse moço inocente, personagem que atrai toda nossa simpatia, que se abate a injustiça ou o absurdo da violência de uma acusação inominada e do apelo ao linchamento. Reparamos, então, não pela primeira vez, o efeito da escrita de duplo sentido do mestre Otto Lara Resende: por um lado, capaz de despertar raiva e revolta contra essa força do destino, que parece estar de tocaia para atingir seu alvo exatamente quando não é esperada. E, por outro, de conseguir, através da naturalidade de sua narrativa, identificar o final trágico da manhã de sol carioca ao de uma cena comum de clara demonstração do preconceito, da violência gratuita, da maldade mesquinha existente em todas as classes sociais, misturadas no pessoal da praia.

"Velhos". Este conto, que se passa no meio rural, é exceção entre os demais de *O lado humano*, que são citadinos e sugerem os ambientes do Rio de Janeiro, então capital.

Não é a única diferença que indica a probabilidade de ele ter sido escrito em momento diverso daqueles contidos no livro: em lugar da agilidade e concisão obtidas nos contos urbanos através do predomínio dos diálogos e da notação rápida que já apontamos, aqui a narrativa vem mais lenta. Com frequência, ela se detém em pequenas descrições e observações que ressoam as dificuldades no andar dos velhos e o tempo quase parado no campo do interior do Brasil.

O que acontece no conto é quase nada: são os ruídos das pisadas nos galhos secos, da água borbulhando no córrego, da conversa dos passarinhos, do mijo do velho escorrendo no chão e, principalmente, da voz gritada da velha, concentrada na responsabilidade das encomendas a atender e impaciente com o velho distraído e sonhador.

A morte do velho também é quase nada: estava na ordem das coisas.

O prazer do leitor — além do que é provocado pela escuta do murmúrio de fundo das cenas — decorre da linguagem e do vocabulário da velha, em que se constata, seguramente, o conhecimento de causa do autor, aqui destituído da distância com o ambiente, acontecimentos e personagens, mantida pelo narrador em alguns dos contos mais intencionalmente realistas que comentamos.

Neste, a experiência de vida de Otto ecoa, com naturalidade e graça — uma forma de manter a ironia calada, mas presente —, os costumes arraigados da herança escravagista que permaneceu nas propriedades rurais, sejam elas grandes ou pequenas.

O livro de estreia na ficção de Otto Lara Resende reflete, pois, o seu lado humano. Seus altos e baixos contêm muito da matéria de que é feito o autor e da que irá constituir — através de muita labuta e padecimento — o melhor de sua obra futura.

OS DOIS LADOS DE OTTO

Há uma infinidade de artigos, declarações em jornais, entrevistas ou citações em discursos acadêmicos e congêneres em que são lembradas, com saudade e admiração, a conversa de Otto, a "sedução de sua eloquência, graça e vivacidade". Após sua morte, em 1992, no depoimento que prestou, à Academia Brasileira de Letras, durante a celebração dos oitenta anos de Otto Lara Resende, o jornalista e escritor Murilo Melo Filho o recordou também como polemista: contou que acontecera de Otto escrever pela manhã um artigo no *Jornal do Brasil* que ele mesmo respondia, no mesmo dia, à tarde, com outro texto em sentido contrário, na *Última Hora*.

Tal versatilidade se mostrava, igualmente, no ofício que às vezes exercia de ghost-writer de políticos e, mais ainda, no papel de receptador e provável instigador de mensagens, declarações e entrevistas captadas nos bastidores do poder durante os governos dos presidentes Juscelino, Jânio Quadros, Jango e generais da ditadura.

O próprio Otto conta que, depois de formado em direito, lhe choveram ofertas de emprego. Assumiu um Serviço de Imposto Territorial da Secretaria de Finanças, para o qual pediu transferência depois de mudar-se de Belo Horizonte para o Rio. Trabalhou, ao mesmo tempo, em todos os jornais importantes mineiros e cariocas. Foi até diretor da revista *Manchete*. Em fase difícil, o amigo e político Magalhães Pinto lhe ofereceu o posto de diretor de banco e ele chegou, certa época, ao de Procurador da República. Por duas vezes, uma em Bruxelas e outra em Lisboa, Otto assumiu o cargo de adido cultural. "Eu trabalhava pra burro. Foi aí que descobri que não sou vagabundo, nem preguiçoso... Até hoje, não enjeito trabalho, mas ando querendo encostar o corpo." Para estar sempre informado, como era preciso, Otto obrigava-se também a extenuantes exercícios físicos: "Volto a 1955. Uma vez por semana eu ia bater um papo com o severo general Lott. Do nono andar do Ministério da Guerra, às vezes descia ao segundo andar, para ver o denso general Denys, comandante do I Exército. No dia 12 de novembro de 1955 fui cedinho tomar nota do que tinha a dizer o general Lott".

Dessa última iniciativa resultou a famosa entrevista estampada na revista *Manchete* e posteriormente publicada — como o próprio Otto indica — no livro *Reportagens que abalaram o Brasil* (Edições Bloch, 1973). Ali, o general Lott dava contas de como se realizara o contragolpe, por ele comandado, que se interpôs às forças de direita de dentro do Exército, que pretendia impedir a posse de Juscelino e Jango após a renúncia de Jânio Quadros.

A essa entrega às atividades jornalísticas (nos últimos tempos até televisivas) se somaram funções editoriais e outras mais, dedicadas ao intenso convívio com um número significativo de intelectuais, companheiros de trabalho, amigos e conhecidos; e é preciso, ainda, não esquecer a vida caseira, com as leituras e a família, em que Otto não deixou nunca de encontrar prazer e interesse.

No passado, os intelectuais contemporâneos de Otto, muitas vezes a par de reconhecerem o interesse dos livros que ele publicara, tendiam a atribuir peso maior ao jornalista, ao conversador e ao frasista que ao escritor; ou, pelo menos, a lamentar a dispersão que o jornalismo e o exercício da convivência teriam representado para afastá-lo de uma realização na literatura, plena e continuada. Até mesmo seu companheiro de mocidade e de imersão na literatura, Fernando Sabino, não deixou de dizer que Otto era o maior autor brasileiro de frases.

Por sua vez, Nelson Rodrigues, outro grande amigo, que perseguia Otto com humor e ironia incessantes, andou caçoando: "A grande obra de Otto Lara Resende é a conversa; deviam pôr um taquígrafo andando atrás dele e vender suas anotações em uma loja".

O anedotário é grande e não há artigo sobre OLR, de menor ou maior vulto, que possa deixar de referenciá-lo. Na homenagem póstuma prestada pelo jornal *O Globo* a seu antigo colaborador, que reuniu um grande número das frases de Otto, a biografia jornalística de Claudia Peluffo de Amorim termina observando: "... foi na oralidade e em suas frases que ele passou de autor a personagem de nossa cultura".

Para alguns contemporâneos, como Carlos Heitor Cony, esse dito predomínio da oralidade não deixaria transparecer a cordialidade e a timidez, essenciais na personalidade de Otto: essa implícita defesa do amigo se voltava contra certa ambiguidade contida no generalizado elogio ao brilho de sua conversa.

A timidez e introspecção, apontadas por alguns, são características de Otto — aparentemente contraditórias ao geral reconhecimento de sua versatilidade e capacidade de encantar — que repontam no personagem secretista, o inspetor de órfãos de *O braço direito*, certamente constituído a partir da ficcionalização do autoconhecimento do autor. Em seu diário, o personagem principal do romance registra o que talvez dê a medida da significação que tinha, para o autor, a literatura: "Se eu não escrevesse, já tinha desaparecido. Não saberia quem sou. O mundo só existe por escrito. Este é o perigo de escrever".

Na longa e prolixa resposta que deu a uma entrevista de Paulo Mendes Campos, feita de uma única pergunta — "Quem é OLR?", incluída por Ana Miranda no livro *O príncipe e o sabiá*, Otto assinala traços de sua personalidade: "A ideia que faço de mim? Um sujeito delicado e violento. Delicado pra fora, violento pra dentro. Um poço de contradições. Um falante que ama o silêncio. Um convivente fácil e um solitário".

Mais adiante, nessa resposta, Otto diz que seu projeto de vida, na mocidade, era escrever. "Ser escritor." "Depois, acabou tudo, né? Perdi a fé em mim. Perdi a fé na literatura. Mas isso não deve ser levado ao pé da letra. É verdade, mas não quero que acreditem. Há muita coisa verdadeira para mim que digo para ser contestada, para me convencerem do contrário, do que já estou convencido."

Como a anterior, essa afirmação, embora um tanto sofrida, deixa ver — em oposição ao que diz — sua fé na literatura e sua confiança em ser, essencialmente, escritor. Ao mesmo tempo, que será também verdade a cisão de Otto em dois lados. Importante, entretanto, é perceber que ele não só os aceita, como os abriga, tirando ainda proveito de um sobre o outro.

Se não me engano, a intensidade da entrega de Otto Lara Resende à vida e aos homens ao longo de sua atividade de trabalho e do intenso convívio com seus amigos e conhecidos foi indispensável para sua produção jornalística e política que era, sem dúvida, de natureza também literária. E mais: constituiu o material que sua sensibilidade de artista e criador moldou para criar os contos e o romance que, com o tempo, estamos, cada vez mais, sabendo apreciar.

1ª EDIÇÃO [2019] 1 reimpressão

ESTA OBRA FOI COMPOSTA EM ELECTRA PELA SPRESS E IMPRESSA PELA GRÁFICA BARTIRA EM OFSETE SOBRE PAPEL PÓLEN BOLD DA SUZANO S.A. PARA A EDITORA SCHWARCZ EM ABRIL DE 2022

A marca FSC® é a garantia de que a madeira utilizada na fabricação do papel deste livro provém de florestas que foram gerenciadas de maneira ambientalmente correta, socialmente justa e economicamente viável, além de outras fontes de origem controlada.